Croatian

ANTOLOGIJA NOVIJEGA
HRVATSKOGA PJESNIŠTVA

克 罗 地 亚
现当代诗歌选集

[克罗地亚] 埃尔文·亚希奇 编

洪羽青 彭裕超 译

作家出版社

编者 | 埃尔文·亚希奇

埃尔文·亚希奇，1970年生于克罗地亚里耶卡，诗人、文学评论家、编辑，克罗地亚作协会员，克罗地亚笔会中心会员和波黑作家协会会员。创刊并主编《诗歌》、《诗歌图书馆》，担任由克罗地亚作协主办的 Stih u regiji 诗歌节总监和波斯尼亚文化协会主席。他的诗歌被翻译成英、德、意、法、俄、波兰、土耳其、波斯等文字。

其著有诗集：《安达卢西亚犬之眼》（1994）、《传记与车》（2001）、《霓虹荒漠》（2005）、《阿富汗水晶》（2007）、《恐惧支配方法》（2019）。所著书评包括《如果我们撞进云里，并不会受伤：1989-2009 克罗地亚诗歌》（2009）、《飞向天空，走进虚无：克罗地亚诗歌集》（2010）、《为什么威尼斯在陷落：1990 年至今的波斯尼亚诗歌》（2012）、《诗歌语言、文本、语境之下》（2013）、《当世界只有十岁：1989-2013 克罗地亚诗歌》（2013）。

其在萨拉热窝书展以《为什么威尼斯在陷落》一书荣获 2012 最佳出版项目奖，2014 年获得萨格勒布城市文学奖。

译者 ┃ 洪羽青

南开大学历史学院世界史博士生，研究方向巴尔干中古史。塞尔维亚贝尔格莱德大学南部斯拉夫文学硕士。

译者 ┃ 彭裕超

文学博士，北京外国语大学欧洲语言文化学院讲师，研究领域以中国与中东欧国家文化关系史、东欧文学为主。

目 录

总 序

千年之交的克罗地亚诗歌

这一诗选容纳了克罗地亚诗歌的二十五年——从 1989 年开始（以柏林墙的倒塌为标志，克罗地亚诗歌开始进入欧洲文化和政治空间）直到新世纪的第二个十年中期，它试图向中国读者传递每一首诗所蕴含的言论、思想和感观价值。以克罗地亚语这种少数人的母语写就的诗歌，深深植根于欧洲文化传统，并且凭借其内核与世界观，成为当代欧洲诗学地图上最生动、最活跃的景象之一。无需过多地情境化，我们也可以说诗歌既是大多数欧洲文学实践的继承者又是参与者，并且其数百年来已经吸收并改变了欧洲主流文学的创作方向和关注点。如果说克罗地亚诗歌为 20 世纪带来了最伟大的诗人，例如汀·乌耶维奇，那么我们可以得出结论，这已是欧洲诗歌的巅峰。克罗地亚诗歌与更著名的诗歌文化——波兰、法国、德国诗歌等相比也毫不逊色。此外，克罗地亚诗歌还产生了，并仍在产生许多精神成果。

对于前社会主义国家而言，毫无疑问柏林墙的倒塌无论在符号层面还是在现实层面，都具有几乎神话般的意义，并与其历史的力量、解体和认识论割裂（摧毁了多年的社会乌托邦和意识形态现实）产生了共鸣。除了社会与政治意义上的解体，克罗地亚文学和文化的解体还激发了一种对文学与文化的新的展望，这在一定程度上肯定会带来一些美学上的扭曲。然而，比柏林墙倒塌更为关键的是南斯拉夫解体、1990 年和战争¹。战争可以说成为新文学想象力、主题、语言和文体学的"灵感来源",不过很难断定的是,战争是否也成为了重要的审美边界。20 世纪 90 年代,克罗地亚诗歌发生了范式转变。在能指场景中,诗歌的主导地位正逐渐有力地削弱。这里我说的诗歌指的是那种"抛弃意义"类型、认为音大于意的诗歌。大多数诗人的诗作变得更富有交流性,诗人的创作动机变得更为日常,现实成为了创作的原则。尽管这个时期的克罗地亚诗人继承了一部分南斯拉夫艺术传统,但在最乐观的情况下,他们依然只能做到复制、再现、循环早前几个阶段的诗歌话语类型(对世界众生的存在分析,现象主义,新先锋主义,语义具体主义,字母主义,戏谑的新纵欲主义和泛-新巴洛克主义的实践等)。大多数于 20 世纪 90 年代冉冉升起的诗人,即那些当时通过创作或通过模仿得以出版首批诗集的人,试图不被现代主义哲学、理论和美学情结以及后现代文学意识形态的直接经验所困扰。原则上,20 世纪 90 年代初期的克罗地亚诗人更注重挖掘自身,而非深入了解、认知周围世界,其自身存在和由此带来的不安威胁并淹没了他们,也可以说,他们的创作与生命本质、思想产生了一定的偏离。当然,这并不意味着这些诗人就失去了魅力。相反地,克罗地亚诗人是日常生活的观察者,带着孩童的稚气将平淡生活书写成诗;他们是空虚的"当下"与日常生活的感知者;他们最终也成为了日常生活哲学化相对建构的根本模仿者。他们诗歌作品中的话语依旧充斥着现实、日常生活的琐碎点滴,在精神上缺乏供给。现实与大众传媒、高科技的产物,基本控制了他们话语里关于想象的那部分,从而使他们的作品最终成为琐碎的日常苟且。

---

1 指南斯拉夫继承战争。

在 90 年代，这种混合而来的、所谓的现实诗歌作品占据着年轻的克罗地亚诗坛的主导地位，成为主流，成为问题重重但又在美学意义上影响深远的诗学现实。顺便说一句，自 20 世纪 50 年代以来，克罗地亚诗歌一直没有建立起一个确定的标准，没有一本诗歌刊物，更没有集中的、超越时代的诗歌精神，这种情况一直持续到 90 年代。也就是说，诗歌刊物是吸引优秀诗歌的聚集地，跨越时代的诗歌力量，更全面的诗学传统也应当根据、围绕这一刊物建立起来，就如同 50 年代的模仿派、60 年代的解析派、70 年代的疑问派和非主流派——尽管他们在诗学意义上和年代意义上并不是同质化的，但他们依然可以被诗歌刊物整合起来。成长于 80 年代、聚集在刊物《法定人数》周围的那一代诗人，在 90 年代拖着疲惫的步伐踏入无意识诗学的河流、彻底地个性化了自己的创作模式。他们创作的非同质性是如此绝对，以至于无法将他们置于任何共同的框架之下。这种情况极大地造成了诗坛的混乱，也导致了克罗地亚诗歌"明珠蒙尘"。从某种意义上说，20 世纪 90 年代（较年轻的）克罗地亚诗歌中的超级写实主义可以被理解为对 80 年代的超级隐喻主义的反叛。因此，诗歌文本中现实这一角色的膨胀是对先前"歌唱学派"逃避现实行为的明显反叛。21 世纪初，克罗地亚诗歌中对现实在诗歌中的极权主义的"抵抗运动"表明了极为清晰的态度，昭示出其对改造抒情诗大潮的不关心（即将抒情诗创作转变为描述现实的奴仆）。尼基察·佩特拉克指出："在形而上现实之外，诗是没有意义的；而从非形而上的现实出发，描述所谓的现实，诗歌充其量只是娱乐，只是'随身听'。"兹沃尼米尔·米尔科尼奇补充："由于我们再也无法在诗歌语言中找到精神所在，我们已经在诗歌外在形态的竞赛中精疲力尽了。"因此，这种符号性的抵抗运动试图以更复杂的方式证明自己的抒情性存在，包括强调其策略上的争议并通过各种诗学体验，有时它只是想提醒一首诗可以具有优雅质感，有时则表示这首诗不仅仅是流水账、诗歌还需要对形式和主题的质问。克罗地亚诗歌的标杆由克罗地亚现代主义诗人竖立起来，其中大多数是中年诗人。中年诗人的创作表明他们之所以在诗坛拥有一席之地并不是因其屈服于现实，其中有些人已经在克罗地亚诗歌中享有古典地位。当然标杆之中也有年轻诗人。由于他们在诗学的领域内建立起了自己的创作模式，因此他们在许多诗歌创作中综合了不同领域的创作经验，其复调、混杂的创作理念成为了 20 世纪 90 年代精神景观的组成部分。

总的来说，我们可以得出这样的结论：20 世纪 90 年代尤其是 21 世纪初期的克罗地亚诗歌，具有明显的新表现主义和新存在主义特征。在这本选集中，我们将关注更有代表性的诗歌作品，介绍一些更有代表性的诗人，以及来自不同年代、拥有多元化诗学起点、不同文化背景的诗人。这本诗歌选集内容丰富，其中的每一位诗人、每一首诗都强有力地在整个克罗地亚诗歌体系中留下了印记。

维斯纳·帕伦，是克罗地亚最多产的诗人之一，她的诗学理念较为消极、讽刺，甚至不愿正面看待世界、不愿像以前一样庆祝和美化周遭事物。因此，毫不奇怪，她还出版了警句、讽刺诗、寓言故事如《猫之史诗》以及讽刺自传等作品。作者的诗学世界是：个体（女人）淹没在大众之中；在这个世界中，人们不再有信心；在这个世界中，孤独是一种自然状态。例如，1997 年的《死者的笑声渐响》，2002 年的《眼泪旅行》。她的诗歌创作充满想象力，同时也是诗学语言的百科全书。

佩塔尔·古德利是一位来自大地和山岩的诗人，为精灵和海杜克 [1]、

1　抵御奥斯曼土耳其入侵的绿林好汉。

狼和传奇人物所着迷的诗人，相信神话和精灵论的诗人。他在诗歌中记录了自然和人类世界的原始能量，追寻语言本身的起源。他严谨、节制的诗作语言效果是诗人对语言极度美学干预的结果，他的语言必须精简为基本元素、再到晶体纯度。其诗歌本是建立在对立、悲剧性信念以及随之而来的怀疑之上的，是建立在微妙的意象和情绪上的。他的诗作有一种魔力，其中有对伊卡维察方言的传承，有来自贫瘠的喀斯特土地、比奥科沃山的痕迹，其中的独创性，进入了神圣的层面——诗歌体现了地中海主义（容纳所有要素和宇宙性），能使读者感受到原始和原始创作的奇迹和魔力。

达尼耶尔·德拉戈耶维奇创作了当代克罗地亚诗歌中最杰出的诗歌作品，著有诗集《占星台》（1994）、《沿着铁路走》（1997）、《疲劳》（2005）。在他大多数作品中，这位"咏物诗人"试图理解物体的方式、动植物、自然和文化、声音和单词的"呼吸"及本质。在他的诗歌创作中，诗人对显而易见之物抱有极大怀疑，又对不明显、隐藏着的、奇幻的神话之物抱有极大的信任。德拉戈耶维奇在他的许多作品中都寻求独特之处，试图从混凝土铸成的现实走向梦幻、非理性之地，他记录着历史和意识形态的弊端，沉醉于大自然，孑然一身，改变着对人的观念。其诗作《嘈杂》非常详细地描述了黑暗、底层、梦境、秘密语言、此处与彼处、空虚和充盈……

诗人、创作型歌手阿尔森·戴蒂奇在其诗歌创作中谱入了所谓的轻诗"音符"。但是他的流行音乐创作却抓取并渗透进了前政治时代大众的本质。戴蒂奇的诗意语言通过戏仿欢快地掩饰了自己的深沉，以（黑色）幽默将战争贩子、带来恐惧的官僚机构或冷战等纳入自己的诗歌创作。冷漠又疯狂是这位诗人的"本能手段"，在意想不到之处为诗歌增添神奇的诗性气质。

1991 年，兹沃尼米尔·米尔科尼奇出版了与战争诗歌最相关的一本诗集《去达利》。这悲剧性的诗篇将语言的戏剧性与现实的戏剧性结合在一起，但又因语言自身的纯洁性和元素性暴露了现实的悲剧。然而，这种戏剧性使语言赤裸、节制而痛苦。诗人试图掌握有距离感的、非情绪化的语言风格，将所见之事以事实的形态诉说出来。米尔科尼奇的散文诗作品着重于朴实的词语，但在内涵层面向我们揭示了这些词语非同寻常以及重新发现的意义。同时，诗中也蕴含了对战争现实的认真解读。

20 世纪 90 年代，尼基察·佩特拉克，凭其作品《退出历史》（1996），以强调的主观动机代替了以前创作中的概念意识形态和哲学本性。此后，佩特拉克不再被视为战争的支持者和形而上学诗人，而是对现实及主题在现实条件下的状态感兴趣的诗人。闪现中的战争现实创造了其抒情本我的意识。而佩特拉克的复调、多面性的创作，以及他的语气风格，在创作中逐渐成熟，因此在《蜘蛛网的扩张》（1999）中，他用怪诞、愤世嫉俗和幽默的碎片叙述了他与历史的冲突。

鲍里斯·马伦那也许是当代克罗地亚诗歌创作中最出色的诗人。他以自己的创作证明抒情诗足以具有爆发力、足以永久地被吟唱。他与爱国主义和乡愁的诗意对峙，他细腻但又稍显口语化的诗句、叙事和论辩，并没有以廉价的情感主义、陈词滥调和感伤结尾。他在创作中所实践的对事实和评论的风格化，对选取能够以小见大的诗歌主题的建议，对基本经验和艺术自由的质询，建立起了马伦那诗歌之中真实而独特的身份认同。

1992 年的十四行诗使东科·玛罗艾维奇成为克罗地亚最杰出的十四行诗诗家之一。作为实践这种古典知识和技能的诗人，他将向这种反复受到现代主义挑战的且已经被证明了自身数学上的严谨性和技巧性的形式致敬，使得曾认为这种形式"过时"的人，不管曾认为其多么滑稽、荒谬和讽刺，都对其创作表示尊敬。他探讨了十四行诗的建构原则，在创作中寻求新的美感、新的精神和新的含义。

在布拉尼米尔·波什尼亚克富有诗意的想象力之中，其内核是"对现实的剥离"和作为垃圾场的世界。仿真机制和虚拟产品是诗人在世界中——这一不可避免的虚无和残破场所的分析重点。波什尼亚克的诗文对死亡、爱情、剩余的真理和生命进行了哲学思考，认为生命只是"被质疑的虚空"。波什尼亚克质疑了被封为的神圣的物体和物质性，强调了其充其量只是客体而已。

在所有克罗地亚诗人之中，卢克·帕里耶塔克最常将传统的诗歌观念作为其诗歌创作的一环。对他来说，诗歌是一个日常冒险的空间，因此他的诗歌轻快，甚至带有一点喜感。帕里耶塔克常用杜布罗夫尼克方言进行创作。他诗歌中的节奏、韵律极富特色，他的创作手稿"标新立异"。他的诗歌没有陈词滥调，没有日常用语，读者得以从中重温语言的历史，领略方言的魅力。

有别于克罗地亚诗歌中的抽象诗性思考，伊万·罗季奇·奈哈耶夫在自己的诗歌中，把物体和物质性歌颂为世界的推动力和创造力。这一位伟大的克罗地亚当代诗人，掌握着克罗地亚诗歌中最为丰富的语言，有着最虔诚的心。对讽刺手法进行运用、对历史文化传统进行重构、对毫不相关的词语进行荒谬堆砌，是这种诗歌创作的基本特征。罗季奇·奈哈耶夫探索世界边缘，占据黑暗，高调鼓吹不完整性。他的语言是丰满的，富含讽刺性和颠覆性的冲动；他对真相、整体、故事或者某种形而上托辞不感兴趣，对自由的感觉、对消耗新发现的语言核心的活力也无动于衷。罗列词语和画面，在旧场景中添置新内容，在规范的主题中制造新的文本是他的创作套路。

索尼娅·马诺伊洛维奇在最新的两本书《巫师的舞蹈》（2001）、《女人》（2005）中继续表现出她对（新）存在主义诗歌意识形态的广泛理解，更确切地说，这是一种面对某种存在而出现的疲劳。虚幻而现实的存在、理性、幻想、讽刺、幻觉、主观主义和咒语共同作用，构成了一个繁茂而不透明的关联集合，为女性和其他面对困难的少数群体发出反对的声音。

米洛拉德·斯托耶维奇展现出了惊人的能量和个人诗意概念的复杂性。他充分运用歌唱技巧，对语言持续注入能量对语言体系进行题材化。他混合运用多种语言进行互文性复写，对文化、历史和文本秩序进行明晰而非专制性的怀疑。他的十四行诗批判不崇高、"不适当"的动机、体裁和内容。他挖掘"查卡维亚"方言传统，把滑稽、拟态、丰富、荒谬、超现实幻想等文学传统发挥到极致。

对于布兰科·马雷什而言，语言的专有性是一项我们无法轻视的特权。在它以一种牢固的极权主义结构出现在我们面前时，我们将它进行解构。对他来说，诗歌是一个充满了语义和意义的空间，我们读这些诗歌时，会将其视为崭新的语言现实和资本机会，以摆脱他所指的极权主义意味，反对意识的欺骗，在意识形态的层次以外重新获得价值，最终在他的字里行间获得他的精神自发性。他在上世纪 90 年代和 21 世纪的第一个十年里所发表的作品，被视为是对文化、知识、历史和传统发起的挑战。他是疯狂而极具魔性的作者。他的主题时而化身为以被遗忘的知识治疗世界的萨满巫师；时而杂乱无章；时而自由奔放；时而稚嫩；时而又对诗歌文本的繁冗常规感到疲惫不堪。他在自己的书中提出的"温暖的语义学"概念，实际上是对道德承诺的意义更新，然而在世界上却找不到锚点和方向。马雷什对被忽视的生态意识（如兔子、熊等动植物意象）的主题化处理，可以认为是他对伪现实的荒谬性及其诗意恒真式的反抗。

戈尔丹娜·贝妮奇在最近的作品中，以诗歌的形式，通过对秘密的、非现实的、魔幻的、外太空的和预感的知识进行确认，以表达自己对教科书历史，即所谓的对世界的徽标式知识的不同意。她的另类科学诗意观所描绘的不是以人类学为切入点的、明确而单一的世界，而是多义的世界。她对某些新物理的诠释，似乎源于新知识的直观感知，她的解释如此精确，以至于直接而彻底地推翻了我对宇宙的认知结构。当我们理解了这一点，就不会对下面的事情感到奇怪了：在诗集《巴纳里斯·格洛莉娅》(2009) 中，贝妮奇让整个世界在可靠的文体结构中被麻痹，她用可信的传统笔触来描绘个体与整体，她如此彻底地颠覆了以事实、道德和历史为根基的地球认识体系，使整个世界被某种宇宙存在、某种具有忧郁色彩的乌托邦所取代。

安卡·扎加尔是一位充满语义关联创造力的女诗人，她情绪欢快，擅长运用非典型的联想和闪电般跳跃的隐喻。她诗作的主要特征是句法松散，意识混乱，其中有大量的新词和广阔的留白空间，以模仿一种安静的状态。除此以外，她的创作还如同稚嫩的抒情演讲一般天真无邪。

"无家可归"是人类的一种致命而固定的状态。困惑和忧愁等情绪贯穿了米莱·斯托伊奇的诗歌。《在争夺的民族中》(2009) 一书流露出创伤之后的哀婉，但它摆脱了受害者的诗意叙事，并开拓了一个新的方向：讽刺扭曲的事实并以亲历者的身份表达明确的评论。

《黑暗的地方》(2005) 是布兰科·切盖茨的自画像，表现出明显的自省和自我参照。在度假的场景中，他从日常生活取材，字里行间流露出明确的现代主义意识和对思想的不信任。当我们从切盖茨的主题中读到关于生活的诗意化描述时，某种曾被忽略的含义将得以恢复，再现于情色和消费主义的倦怠中。

克马尔·姆伊契奇·阿尔塔纳姆于 2000 年发表了别具一格的诗集《区域动物园》（2000），当时的他还是一位年轻诗人。他睿智的讲演涉及历史和全球混乱的问题。这些问题好比富有哲理和直觉的档案，它们记录了世界的发源的终结。

德里米尔·雷士茨基是一名多媒体诗人（他所涉及的诗歌话语包括摇滚乐、电影、视频、涂鸦等），他的创作主题是脆弱零散的，这些主题因为对强大的现实感到恐惧而分散。他孤独而叛逆，以摇滚乐亚文化来进行自我治疗。他总是"在路上"，寻找"更快乐的街道"。他的讲演，是街头的黑暗声音，也是亚文化知识分子的忧郁之声。

克莱什米尔·巴基奇在自己的诗作中，发出了自己的声音，这种声音会通过别人的声音而变小或者放大。但是，他的声音不会为互文开放性所同化——这种开放性对别人的自我更加好奇。他让别人的声音成为回声而不是噪声，以为自己的声音打开更广阔的空间。

西莫·莫拉奥维奇通过讽刺、轻快诗句的可玩性以及幽默感来昭示自己的存在，他为此构思了一个懂得自我演绎的主体，时而欢畅，时而忧伤。这点在《嘴唇之间》（1997）和《晚安，嘉宝》（2001）两首诗中尤为明显。他是制造错综复杂爱情关系的高手，同时也擅长将性爱商业化，并以之作为诗歌的题材。他游走于消费主义和平庸生活两者平衡的边缘，他自我嘲笑。莫拉奥维奇是口头诗人，怪诞而搞笑，他童心未泯又充满欲望，同时具有乐观精神和黑暗的悲观主义，富有活力又雷厉风行。

德拉戈·格拉姆齐纳把精致的感性带进了上世纪 90 年代的诗坛。他的主题在情感的不足与窒息中挣扎，为情绪的平衡而战。他挑衅地暗示现代爱情已成为对人的折磨，他以肉体之外的内在精神、心理感悟为题材进行挖掘。在他的作品中，我们读到深刻的叙述，这些叙述是关于家庭关系的（如父子关系、夫妻关系、祖孙关系等）。作者的分析和探寻，充满了温和的哲学色彩。

伊万·赫尔采格剥夺了诗歌里面主人公的时间，他们在世界的废话连篇中找不到安宁，因此他们出现在诗歌里，数量惊人，也就不足为奇了。赫尔采格在上世纪90年代和21世纪前十年的书中，如《我们的其他名字》（1994）、《沥青之夜》（1996）、《地球叹息的录像》（1997）和《科罗塔的天使》（2004），既忧伤又讽刺地把爱情的动机、渴望、失踪、逃避、空虚分门别类。在他的诗歌里，对话以独白的方式进行——通常是思想边界的最后一次命运独白。这使得人们逃向了不幸，逃向了虚无，使人们变得无助，悬浮在生与死之间。

塔蒂亚娜·格罗玛察是诗集《有什么问题吗？》（2000）的作者。她虽然至今只出版了这一本书，但却占据着所谓的"现实的诗歌"的王座。她以交流和自省缔造了自己诗歌的"不幸"。刹那的时间也是很重要的，尤其是对那些不真正了解诗歌的人来说。她致力于描写细节的平常性、事件、不属于任何社会团体的局外人边缘人和受伤的孤独者。她坚持使用口头语言和俚语，主张以生活的语言进行直接表达——格罗玛察赋予诗歌以生命力和有机体，使其与文化和社会领域息息相关。她的声音与诗意完全交融在一起，她刻画的形象鲜活生动，她的句子更富散文性，极具个人风格。边缘化主体的社会敏感性被认为是格罗玛察创作的程式化信条。她的抒情主人公是具有讽刺意味的，非常机智，个性十足，往往是愤怒而反对正义的。叙事、批判模仿和对现实的迷恋分析也是她创作的特征。除此以外，行动主义和把诗意的焦点汇聚于边缘群体的积极性，同样使她的创作充满细节和优势。

多尔塔·亚季奇的诗歌充满了戏谑、矛盾、稚气和辩证思考，这使得她在 1990 年代的诗人当中独树一帜。她的主题是移动的，她不断追寻欢愉的声音，这些声音使诗作的强度发生改变，高低起伏，抑扬有致。她善于发现现实之间的联系，调解自身内部的矛盾。作为一名女诗人，亚季奇对诗意主题总是有着精心设计，从不滥用隐喻和风格化元素，这充分体现了她的天赋和才华。

安娜·布尔纳尔蒂奇在 21 世纪第一个十年里发表了诗集《鸟的起源》（2009），该书的诗作具有摄影图像的特性，是瞬间的凝固。她是一位十分注重事实的诗人，通过智慧的讲演探索思想和话语、词组和句子之间的关系，找到它们共同的情感脉络，并且在某个时刻将它们重新组合在一起。当我们阅读《鸟的起源》时，读到的是作者关于世界和时间的（精神）状态的叙述。

以上，我们对上世纪末和新世纪之初克罗地亚诗坛上最有代表性的诗人进行了简要介绍，我们的宗旨是给读者介绍一些信息，因此，此处没有从理论角度进行过多的文学批评。

对于克罗地亚诗歌而言——不管是对于其最为复杂的内涵还是其最为宽广的外延来说，西欧现代诗歌作品的阅读经验应该说是最为重要的。这些经验成为了我们跨越语言障碍与世界联系的桥梁，也提供了我们与远近文明开展对话的可能性。这本选集如果能起到这方面的作用，那么我们的目标就达成了。

编者　埃尔文·亚希奇

VESNA PARUN

维斯纳·帕伦（1922—2010）

维斯纳·帕伦（Vesna Parun，1922—2010），诗人、作家、剧作家、翻译家。

出版作品：《黎明与旋风》（1947）、《诗集》（1948）、《黑橄榄》（1955）、《回归海洋的珊瑚》（1959）、《你和永不》（1959）、《骑士》（1962）、《我曾是小男孩》（1963）、《色雷斯的风》（1964）、《死亡让我羞愧》（1974）、《风暴前的游戏》（1979）、《十四行诗的花圈》（1991）、《时间之鸟》（1996）、《海上战车》（2001）、《取代心跳的鼓声》（2003）、《祝福的杂草》（2007）、《拥有无辜双手的我》（2009）、《米奇、塔拉斯和猎犬，嘘！》（2009）。

假如没有你的目光

—— 致阿德南·达玛什查宁

假如不是你的眼波，不是那玫瑰

在花园阴处绽放，拂晓时分，

我将呆呆地站在虚无的世界里，

如同乞丐一般，乌鸦在身边低低盘旋。

我生命的结晶被磨损，

剩下喑哑虚无的光，

像月亮的光向你投去，

却成了迟到的风景。

假如不是你遥远的眼波，

我将在梦醒时分急速坠落，

坠入冰冷无情的地狱王国。

假如不是你遥远的眼波，

如同一座神秘的灯塔，把光聚焦在

那块礁石上。那将成为我长眠之所。

无人知晓的时候

在一首我从没写过的诗里，

有一个已经老去的湖。

不可见的花朵之上的露珠，

降下一把无用的梯子。

某座城池，深深坠入我的心里，

沉入无春之地。

绿色的鼓声，

战争的雨，

流淌成了古老的泪水，

变得疲惫，化作了冤仇。

紫色的山谷

一朵向日葵

今夜在我的心房上入眠。

紫色的山谷

满是落叶。

士兵把镰刀削尖，

小男孩把羊肉烤熟。

男孩对士兵说：

替我摘朵蓝色的花吧！

而士兵对男孩说：

对花我一无所知。

我知道钟楼里有一匹马。

让我们逃离战场吧！

溪边走来

一个红发女孩。

她的手指是雪维菜，

而瞳仁是罂粟籽。

月光如蜘蛛一般

在天空织起大网。

士兵喝了一口酒。

男孩捉到一只蟹。

女孩突然哭了起来。

号声响起。

战队列好，

有年轻人，有孩子，还有老人。

战火肆虐了三个夜晚。

烧杀抢掠了三个白天。

三天，三百年，

田野里的麦穗已黄。

无数的人，无辜的人，

躺在了麦秆下。

土地上传来老人的呼喊：

给我们和平吧！

可怜的蝼蚁们知道什么呢！

他们如此弱小。

他们用三十年才

征服一棵麦子。

女孩在已熄灭的篝火旁

跳起了舞。

她说：我是风

是玫瑰，是故乡。

天地苍茫。

士兵嘴唇颤抖。

男孩跌入淤泥。

群星默默流泪。

两只小鸟细语:
我们找到了蓝色的花。
一切的故事
从头开始。

一朵向日葵
今夜在我的心房上入眠。
紫色的山谷
满是落叶。

我是鱼

（组诗之四）

我不用爱筑巢。用火光,
我用银色的轨迹,织起了毯子。
那是梦的舞蹈,是美丽的仙子,在嬉戏。
我是鱼。鱼的骨头。我是先知。

我不用奶汁来滋养我的孩子。用铁锚，

用温柔的风吹下的铁锈。

那是冬季的群岛下，最后的一座建筑，

像被风刮下了沙。

怎么了呢？一只黑色的乌鸦

穿过了哭泣的玻璃窗。

整个世界，

好奇地眨着眼睛。

姑娘啊，请用海绵

擦掉楼梯上的血迹。美杜莎，你不要呼吸！

我恐怕，人的孩子要在这里死去。

明日的树干

爱：水的味道是酸涩的，从远方不知名处，

从暮光垂下的地方升起。

泉眼将我们变成植物，

枯竭在它唇角的欲望下。

早晨是沼泽，花的香气并不洁净。

嘴角悄悄吐露出来的话，

像是苦涩的阳光，将我们唤醒。

爱。我们在温暖的森林里种下了树，

他们却用斧头，把树枝砍下来。

阳光的手疲倦了，鼓励它吧。

红色的鸟飞走了。天空，被他们吵得乱七八糟。

光线是那么纤细，那么直！

疼痛的叶子啊，给点耐心。

夏天的风停止的地方，

在吹过的地方落下了长长的影子。

仅余的爱离开了，在身后留下了荒芜的火。

带走了枯竭的泉口的一朵玫瑰。

爱，感恩的雨水，充满了生命的芳香。

无助的根，在悬崖上，等待着重生。

我们的骨头，

也是这样。它们就像天上的星星。

PETAR GUDELJ

佩塔尔·古德利（1933—）

佩塔尔·古德利（Petar Gudelj，1933— ），诗人。

出版作品：《手、眼泪和柏树》（1956）、《耶稣孤身一人》（1961）、《狗、狗、狗》（1967）、《石膏》（1974）、《神话和蜂蜜》（1982）、《弗鲁里亚》（1982）、《赫斯珀里得斯的苹果》（1986）、《坦克上的欧洲》（1987）、《我的伊莫塔，土地、天空、人民》（1991）、《通往伊莫塔的路》（1996）、《奥德赛的克罗地亚》（1999）、《空气和水》（2002）、《新郎的蛇》（2007）、《薄纱的灵魂》（2010）、《让月亮升起，让太阳落下》（2017）。

死亡的公鸡在歌唱

在晨光熹微之时，

死亡的公鸡开始歌唱。

新的一天就要到来。

从你时节的深处。
从你坟墓的深处。

从你第一首诗中来。

从屠宰场，从冰库，
从鸡蛋中来。

它们高歌，行进，
被煺去一身皮毛。

土地在它们的脚下颤动。

它们被割去舌头。三百年来
沉寂。

它们用嘴尖划破晨曦，

但又被砍掉喙。

为多瑙河发出啼声，
新的时节开始。

早间的晨晖沿着多瑙河
倾泻而出。

恶魔之女
摘下了多瑙河的鸢尾花。

它们在田野上啄食黍米。
在天际啄食星星。

还有女孩体内的小麦。

特洛伊塔上的赫克托尔，
挥动翅膀，放声歌唱。

所有时代都听见了他的歌声。

来自希腊战船的

阿喀琉斯。

荷马、但丁、莎士比亚和汀[1]，

都听见了他。

在波多索耶[2]，在河滩上，

在铁盖下啼叫。

抬起铁盖。

大腿，小腿，

翅膀，脖子。

白色的肉。

路易十四

吞下了它的心脏。

1　汀，被认为是 20 世纪克罗地亚最伟大的诗人。
2　波多索耶，克罗地亚村庄。

俾斯麦，用刺刀，

割肉下锅。

它被煮熟，

放到了每个普鲁士家庭的节日餐桌上。

被放进炮筒中发射。四处散落了羽毛

和种子。

愤怒的天使。

飞翔的狮子。

从眼中迸发出闪电。

从羽毛中幻化出城市。

耶稣的公鸡。

被钉在了十字架上。

它怒目而视。

"不要逞英雄了，

佩塔尔。"

今晚你欺骗我，

向我隐瞒了公鸡的故事。

年轻的尼克拉·绍普[1]

就在死去的公鸡旁，睁眼看着。

等待破晓。

长长的三百年，

波斯尼亚的夜晚。

飞翔，燃烧，

在你家的上空。

将毒蛇环绕脖颈间。

将公主置于翼下。

---

1 尼克拉·绍普，出生在波斯尼亚的克罗地亚诗人。

公鸡，用翅膀
击打我的坟墓。

歌唱吧，将我
从坟墓里唤醒。

写下克罗地亚

写下克罗地亚。
一座无名的山，
被一头狼所占。

被闪电劈过，
被蛇紧紧缠住。

名，丢掉了
自己的城池。

城，失去了
自己的名字。

一座岛屿，

从繁星间降临到亚得里亚海上。

另一座岛屿，

从亚得里亚海飞向繁星。

广阔，平坦的田野。

像你的头脑。

像你的掌心。

地下河涌出，

又涌入心里。

诗歌与骸骨。

洞穴，在七万七千个

洞穴之中。

究竟你会向哪一个洞穴

撒入你的诗歌和骸骨。

2000 年 12 月 14 日，于巴什卡沃达 [1]

你和狼

你和狼醒来了。

它从你的诗中来。

你往它的林中去。

你们的生命短暂。

短暂的还有

冬季的夜晚。

2000 年 12 月 14 日，于巴什卡沃达

1　巴什卡沃达，克罗地亚的一个城镇，位于达尔马提亚地区，在行政区划上属于斯普利特－达尔马提亚县。

尼禄

我就是尼禄

希罗多德笔下的尼禄。

每年的某天某夜

我化身为狼。

我将灵魂拉扯向西方，

以月亮的名义发誓，

我献身艾雷布[1]。

我归来

带着珀耳塞福涅[2]杨树的光辉

和照亮脸庞的月光。

---

1 艾雷布，希伯来语，即夜晚的意思。
2 珀耳塞福涅，又译为普西芬妮、泊瑟芬。她是希腊神话中冥界的王后，主神宙斯和农业之神得墨忒耳的女儿，冥界之神哈迪斯的妻子。珀耳塞福涅越快乐，大地的花朵就越绽放，越悲伤，大地就越一片荒芜，花朵渐渐枯萎。后来得墨忒耳经过太阳神赫利俄斯的协调及宙斯的出面处理，终于找回珀耳塞福涅，但在哈迪斯的要求下珀耳塞福涅吃了四颗石榴籽，注定每年要回冥界四个月，因此人间才开始有了分明的春夏秋冬四季，宙斯也把她升到天上变为处女座。

我的脸半人半狼。

眼里星光闪烁。

我是希罗多德笔下的尼禄。

我读着希罗多德，想到

自己。

我说：极地的鸟群在挥动翅膀。

我内心的某个深处

有一匹狼。

2001 年 9 月 30 日，于巴什卡沃达

血吟

云的纵队。

莫拉卡 [1]

1　莫拉卡，生活在克罗地亚达尔马提亚地区的瓦拉几族部落。

20

孩子们的纵队。

他们一行四十人，
携着长枪。

迈着大步
越过山林。

军刀直指天空。
莫拉卡的洞穴幽深。

（莫拉卡的伤痛深重。）

雨沿着洞穴滴下，
草木生长。

血在吟唱。

2002 年 8 月 27 日，于巴什卡沃达

DANIJEL DRAGOJEVIĆ
达尼耶尔·德拉戈耶维奇（1934—）

达尼耶尔·德拉戈耶维奇（Danijel Dragojević，1934— ），诗人、作家。

出版作品：《海龟和其他风景》（1961）、《在真实的身体中》（1964）、《灯笼和睡袋》（1965）、《恶劣天气及其他》（1968）、《第四只动物》（1972）、《石炭纪》（1981）、《挥霍负担》（1985）、《占星台》（1994）、《花广场》（1994）、《沿着铁路走》（1997）、《疲劳》（2005）、《某处》（2013）、《晚夏》（2018）。

蛙

在鲁道夫·阿恩海姆[1] 眼里，

---

1 鲁道夫·阿恩海姆，德国作家，艺术和电影理论家，以及感性心理学家。

印第安女人季亚娜篮子上的花纹画着

蛇驱赶青蛙。

这证明了，

可以用直线来实现

对圆形的表达。

而我们在白纸上的图画里，

看到了青蛙，只看到青蛙。

在恐惧中，我们的价值判断

与鲁道夫·阿恩海姆式的

几何学匀称和洁净失之交臂。

于是喊道：

快跑啊，青蛙！快跑啊，鲁道夫！

梦

梦。一个罪犯在我的话里迷失。

我看不到他。在整个城市里，

脚步遍布各处，又和之前的脚步重叠。

粗重的呼吸，徒劳无功。

上帝的失忆，是如此地彻底。

恐惧的词语，落在了一张脸上，

转瞬即逝。

清晨慢慢平静下来，墙壁在咕哝作响。

它的心在敞开的大门上撞击，

宇宙在喃喃自语。欢迎，欢迎，

就让悲伤穿上衣裳吧，

让它庄重得体。

还有我们的狗

我们的狗和我们一起挨饿，却没有意识到它们比我们

更饿，

它们只会眼睁睁地盯着我们的嘴巴。

骡子所背负的重物，甚至都把它们的肋骨压弯了。

没有任何一种动物的生活是轻松的，哪怕是空房里的小

老鼠。

而生活的不幸却是根深蒂固，每一毫米都清清楚楚。

它侵蚀着土地上的一切，不管是活物还是死物。

不管是肉体还是动作，不管是动作还是力量，

它都能缓缓占据。

如果你能说话的话，小燕子，

请你在飞走之前。

如果我能说话的话，我要对狗说，

对驴说，对鸡说，对老鼠说，对石头说，对小草说，

对人说，如果我可以说，

我们将一起开口说。

挂毯

我站在词语之中，好像这是一个真实存在的地方，

没有话题。我对着某人说话，好像知道

和他无话可说。想象中的某事并未到来

圆形的，看不见的。

我为错误和不幸的状况

做好准备：用他的手和字母。

我放出一条小船

按设定的路线滑行，我随着小船

短促的呼吸而去，雾气笼罩了我的思绪。

显形吧，命运，就像梦中的台阶！

附近，一片茫茫无际的元音，

比理智更混乱、比出口更澄澈的辅音之风，

还有为将死之人准备的长句子。

背面，漂泊者，陶瓷杯映着的脸，地震，

混乱的周围一切的欢乐。心，黑色的边界，

绷紧的线：台阶如同事物，事物如同空气。

一阵狂喜。没有地方继续存在。都不见了。

我是，你是，我们是？我们不是。他们是，它是？

地方消失了。被毁尽了。

黑暗

在罗维里耶纳茨[1]的哈姆雷特之后，

梅丽塔·洛克[2]问我是否可以接受，

有些人在演出期间没有看表演，

而是观察周身的黑暗。

我没有说什么，只是想着

---

1 罗维里耶纳茨要塞，又译为圣劳伦斯要塞，经常被称为"杜布罗夫尼克的直布罗陀"，是克罗地亚杜布罗夫尼克西城墙外的一个堡垒和剧场，在海平面以上37米。它的出名之处，一是戏剧表演，二是历史上在抵抗威尼斯中所起的作用。它俯瞰着城市的海路和陆路两个入口。
2 梅丽塔·洛克，作者友人。

她坐得离我远远的是一种幸运，

否则她会发现我就是她说的这种人。

哎，一惊一乍的小姐，也可能是容易被冒犯的小姐，

当灯光熄灭，寂静带来了

我们周身环绕的看不见的黑暗，

怎么能让人对这黑暗不管不问呢？

这是来自山海的秘密语言，

也来自遥远的岛屿，近处的星星，来自城市，

未说出口的语言，如同孩童的恐惧到来，

恐惧可以说是蓝色的，

而我们不知道它想要什么，

恐惧站在肩上、唇上、思绪里，

变成高亢的或是低沉的声音、图画，

之前或者之后的故事，

抑或是纯粹的黑暗，黑暗，一种激进的度量，

盲眼的整个侧面，

无数发枪响后的寂静。

哦，黑暗，黑暗。我想接近黑暗，

让它成为我对抗夜晚寒凉的斗篷，

我也会远离它，不让它把我掐死，

我还会向它献殷勤，喊：黑暗啊，你究竟属于谁？

疯子和智者从高塔上捉住了我。

我们在哪？当我有能力、当我知道的时候，

我会将它带到前面的一方平地上，

这个不幸的地方，无间断地

重复着失败。

在这儿醒来吧，有力量的你，洞察一切的你，

一会儿，变成光明吧，

说，你是光明。

真实地

底层成为了现实。那些大的，小的。那些从海洋来的，
那些为人所熟知的容器。那些我们从没有想到过的，还
有那些总是在我们手边的。所有底层。从各个方向突
围，围着我们，冲向我们。它们来了，又走了，立着，
从不躲避。利用着自己的一切。不会再跌落了，因为没
有更低的地方。也许时间、生活、世界不会变成底层？
会的！被塞进门缝的世界如今就如同在公路上被压路机
碾过一遍。底层来了，来了。沉睡的，在做梦的，巨大
的底层，它总在努力潜入自己的深处，一层一层地往下

潜。底层啊！每个人都是别人的底层，而每个人又是自己的底层，这不是幸运的事，也不是不幸的。你的底层呢？我们的底层：它抛开了身后的所有，一切所有。它潜进了字典里，它潜到了每个词的背后。下潜的魔力。没有过去，永不归来，那里就是底层，音乐只有一个声调。可以说是上帝的底层，天空的底层？可以吧，也必须这样。于是就有了声音的底层，身体的底层，土地的底层，书的底层，画的底层，物质的底层，动物的底层，痴狂的底层，雨水的底层，记忆的底层，街道的底层，欲望的底层，贫困的底层，离开的底层，火的底层，脏话的底层，一切的底层，所有的底层，虚无的底层，荒谬的土地啊。

ARSEN DEDIĆ

阿尔森·戴蒂奇（1938—2015）

....

阿尔森·戴蒂奇（Arsen Dedić，1938—2015），诗人，词
曲作家。

出版作品：《瓶中之船》（1971）、《坎托和鲍西亚》（1983）、
《萨格勒布与我悄悄相恋》（1986）、《还愿物》（1988）、
《101 首诗》（1990）、《常规的诗人》（1993）、《甜蜜的
死亡》（1995）、《你的身体，我的房子》（2000）、《冷战》
（2002）、《禁书》（2003）、《倒塌》（2004）、《官方灵魂》
（2006）、《自由电影院》（2008）、《墙报》（2009）、《眼
药水》（2012）。

莫扎特年 1991

从骷髅塔和钟楼

最后的几个小时

战士将成为战士

兄弟成为兄弟

家附近，门前

伦勃朗的《夜巡》

而在我们之上是来自天空的

永恒的乐章

莫扎特年

莫扎特年

这所有的力量、火焰和气体

究竟在哪

公民将成为公民

儿子成为父亲

潮湿的被褥驱赶着我

丢勒[1]的死亡骑士

而在我们之上是来自远古的

1　阿尔布雷希特·丢勒，德国中世纪末期、文艺复兴时期著名的油画家、版画家、雕塑家及艺术理论家。他在二十多岁时高水准的木刻版画就已经使他称誉欧洲，一般也认为他是北方文艺复兴中最好的艺术家。他的作品包括祭坛、宗教作品、许多的人物画及自画像，以及铜版画。他的木版画，像是1498年的《启示录》系列，比他其余的作品更具哥特风味。

永恒的乐章

莫扎特年

莫扎特年

被装饰在白色蕾丝之中的

康斯坦斯和她的姐姐

和二百年前别无二致

喊着——这是你们的地方

从骷髅塔和钟楼

最后的几个小时

在古老的画布上

沙漠和战争

街上也是一样地混乱

如同毕加索的格尔尼卡[1]

而在我们之上是拨弦古钢琴和小提琴的

永恒的乐章

---

1 格尔尼卡是巴勃罗·毕加索最著名的绘画作品之一。当时西班牙内战中纳粹德国受弗朗西斯科·佛朗哥之邀对西班牙共和国所辖的格尔尼卡城进行了人类历史上第一次地毯式轰炸。

莫扎特年

莫扎特年

战争贩子

战争贩子来了

买走心脏，买走鲜血

害怕的人们冲出去

如同腐烂果子里腐烂的蛆

战争贩子来了

买走历史，买走秘密

他们的儿女

已经获得了极大的利益

啊，"中欧"

啊，我们的"人世悲哀"[1]

1　人世悲哀是德国作家让·保罗创造的一个术语。在格林兄弟的《德语词典》中，它的本义是对世界的不足或不完美表示深深的悲伤。根据上下文的不同，翻译可能会有所不同，就自我而言，它可以表示"世界疲倦"，而就世界而言，它可以表示"世界的痛苦"。

四处开花

爱国的走私犯

战争贩子来了

骗人的儿子和骗人的兄弟

在这氛围中震颤

时光流逝，时刻不停

立刻给予

我不能成为

圣人或修行者

对我来说最好的

是立刻给予

在危险的时候

温柔的，令人钦佩的

迷人的姑娘

四处奉献

被留下的孩子

不关心别的

不立刻给予

和不给没什么两样

听不见

这可怕的哀号

他们被赋予

更多的含义

被淹没在

过长的故事里

仿佛是抄来的

酸葡萄

我一直都是

热心的穷人

因此我要的不多

但我马上就要

ZVONIMIR MRKONJIĆ
兹沃尼米尔·米尔科尼奇（1938—）

兹沃尼米尔·米尔科尼奇（Zvonimir Mrkonjić，1938— ），诗人、翻译家、作家、文学评论家、剧作家。

出版作品：《什么在哪里》（1962）、《地图》（1964）、《日子》（1968）、《无精打采的人》（1970）、《克罗地亚当代诗歌（上下册）》（1972）、《白昼般的黑夜》（1976）、《钟楼》（1980）、《面包的地方》（1986）、《白色的文字》（1989）、《完美的爱情幻觉》（1992）、《人群的狩猎》（2002）、《纯粹的画中的橄榄》（2004）、《梅加什，20世纪克罗地亚诗歌（选集）》（2004）、《用十四行诗作十四行诗》（2005）、《诗歌的鞍座（上）》（2006）、《诗歌的鞍座（下）》（2007）、《现代克罗地亚诗歌（新本）》（2009）。

去达利 [1]

那愤怒的天使，天使的暴怒在天堂顶端。毫无预兆地爆发。

上帝与克罗地亚人交换人质：头上举着枪把，雕刻的肋骨，剥下的指甲，兴奋的心像跑步者，肩胛骨，圣物箱——从那端瞥了我们一眼。

在寒冷之中，我们找回了寒冷未来降临的征兆。

在面包和酒的巨大变革之中——信仰，希望，爱会一直有，直到

沿着挖出的圣母眼睛、在哭泣的高地下雪。

来了，达利，越来越近。

1　达利是位于克罗地亚东部多瑙河沿岸，邻近塞尔维亚国境的一个村庄。

钟楼

在一百、两百、三百年以前被建起，每一座都被榴弹攻击过，钟楼见证了太多。

钟楼，曾连接天与地，如今使天空回想起大地，曾经的钟楼。

不可见地钟声响起，静默地站在曾经没有它的地方，钟声在榴弹之下响起，在耳边和视线外回荡。

钟楼以自己的名字建立起来，在闪电中被记住。

金字塔，牛，手纺车、灯泡都太靠近天空，始终走在最温柔步伐前，被人们的思想所铭记。

无论走到哪里，钟楼不再会把我们忘记。

被烧毁的土地

曾是房屋、麦穗、树丛的地方，只剩废墟、大火、煤烟。

曾有男人、女人、孩子的地方，只剩血腥的污点。骨灰，穿堂风听了演讲的地方。眼睛提前被蒙住了，耳朵提前被塞住，闪烁，敲打。

曾有羊、牛、马的地方，只剩腐烂的尸体。

曾能闻到血的地方，剩下溪，流，河。

曾能听见歌声的地方，只剩哭泣。

曾有人类的地方，提前开启了，黑色的土地。

NIKICA PETRAK
尼基察·佩特拉克（1939—2016）

尼基察·佩特拉克（Nikica Petrak，1939—2016），诗人、翻译家、作家。

出版作品：《所有这些东西》（1963）、《与鬼魂的谈话》（1968）、《干燥的字母》（1971）、《安静的书》（1980）、《意图宣言》（1989）、《诗歌选集》（1991）、《退出历史》（1996）、《蜘蛛网的扩张》（1999）、《没有说出口的话：零散记录》（2003）、《出于爱》（2004）、《阿尔卡》（2004）、《被祝福的年代》（2009）、《在开阔的地方》（2014）。

从历史中闪现

此刻有谁在世上某处

现在世上所有事物都挤在一起，
除了我。

然后，某人去往某处，
对他来说很简单：独自离去。

而他的整个宇宙都好像落在了家里：
但他没有将它拉回身边。

他将开始新的旅程
将有人开始认识他。

他的视野穿过冒烟的窗帘，渐渐展开
在风中飘扬。

而我，没有怨怼，是个盲人的儿子，
看不见，失明了，盲了，只希望
历史上的盲人歌者，
歌德，
孩童，
给世界

唱歌。

是的，是的
致年轻的克罗地亚诗人

你们粉碎了孩子的语言
——仿佛沾在嘴边的、来自奶奶橱柜的干蛋糕屑

你们又使它不断变多，因为我们这儿来了好消息：
只有纯净的沉默
是真正可以
反复运用、删改的概念。

"那里是片野灌木丛。"一个年老的茨冈女人说，
一个无法改变的叛逆者，翻了翻
自己用破布做成的捎马子，
那刹那间她的马瞬间就出现在了田野上。

"扎根在黑暗中，而叶子沐浴阳光，
没有人能逃脱这巨大的贫困。现在我该走了。"

在学业完成之际，给儿子的寄语

如果有人给你整个世界，

真好，我的儿子——但是你得问问他是否欺骗了你。

如果有人信誓旦旦地向你解释原因，

你得想想：他是否隐瞒了你，

是否想从你这夺走什么，

为什么偏偏是你要遭受这一切。

你自己追寻，然后会知道

除了你自己——没有答案。

当有人给你一幅清晰的图画，

像骗孩子一样骗你，

把你的渴望玩弄于股掌之间。而你，

得想想他地下室的臭气：

他需要的是，

你恰好没有的东西。

那时你得看看自己脚下的土地，

生于斯长于斯：福祉总会降临。

人的思想总是在解决

和自己无关的事物时格外清晰；

一旦涉及自身事物，

一切科学就成了尝试和失败的指南，

因为只有忧虑和怀疑存有一点怜悯之情，

而可以共情的悲伤

也许只能提供活到明天的勇气。只有耐心，

可以理解自身的和外部的伤痛，会反省

会追问，而剩下的感情什么都做不到：

它们就像手指伸入空气

或是石头入水。没有一点痕迹。

然而，像这样：头十年

你会为自己拼搏，不论你愿不愿意。在这过程中

你锻造了自己。而第二个十年中，你会告诉自己

你拥有什么，也知道自己是什么。

这样你会进步。而后，

在第三个十年里，"转向自己，专注内心"，

这是乌耶维奇[1]说的。在这些年里，

人们掩藏自己的不驯或是虚情假意，

1　乌耶维奇被认为是 20 世纪克罗地亚最伟大的诗人。

宽恕一切。但你不可以

放走任何一个，

任何一个谎言。不要

害怕自己的疯狂：而要害怕自己小小的特殊之处，

这将成为你的习惯、爱好，最终，定义你的生活。

如果这一切发生了，那么拿起你的斧子吧。

这一切只要不伤害我们就好，

只要我们不给别人带来苦痛，那就好。

邀请

疯狂——有时候还挺好。

你就能看见平常看不见的东西。

平常每天上班

走过的台阶，

突然间翻转过来，

盘旋或是斜倚着，

指向天空；

旧时的，所有秘密

居住在天花板上、阁楼里：那里

总是有遮遮掩掩的哭声，寂静的咕哝。

给我吧，甜蜜的罪过和毁灭，

直到一切消亡，最后就是，光明来临。

疯狂——有时候还挺好：一切都迅速地

移动。你是人，有自己的根，

你看到那微笑又极为疯狂的现象就在自己身边。

在楼梯尽头，突然涌出来自海洋的风，

远古的承诺，而反过来

不问什么，一切立刻成了现实。

而那边，在顶峰，你现在在整理木箱里的东西

并对每一件东西说：等等，和我一起走吧，

因为我真的不知道要去哪里；

他们在那成对聚集，

那个由船搭起来的房子，你对它喊：天要亮了，天要黑了，

注意啊，马上涨潮了，风暴要来了，

因为我们早上需要出海，

丰茂的海水将把我们从枯涸中拯救出来，

是这样说的。

棺材里，挤满了东西，

为了自己的救赎，发出了温和的

吼叫，在终点的边界之前：*在我家*

没有罪孽。成功的是：

你的动物们不再惧怕自己的命运，

他们都和你有某种血缘上的联结，

和你一道走的还有坟墓和儿子，还有他们的妻子，

亡者和流着鲜血的美丽的人，

尽管这一切都是旅途的幻影，

只要我们一起，就绝不回头。

事实上，白日早已降临。从天空倾泻下来，

有渴望，有信仰，到轻柔的海浪上。

在甲板之下

挖出了眼中虚假的温柔，

每天每人都重复着

像是自己罪恶的救赎：

荒野更好，下雨更好，茫茫大海更好，

目光望去，一切都平静下来。

对我们来说：一切都比我们想象的更加可怕，

但我们释放出了自由的另一面，

释放了死亡循环的诅咒。

你的棺材里所有你不熟悉、不知道的东西和知识。

历史和地理，科学和体育

开始帮助你。

疯狂——在关键时刻很好，

当这一刹那从高处走到我们这里，把我们

从所有不知道如何拒绝的状况中抽出：

天要亮了，天要黑了，给我

谁都不知道的

最后的勇气，来结束我的生命。

女人手里

握着的鸽子，

用最软弱的

颤抖着的身体，

重新塑造顽强的世界。

BORIS MARUNA
鲍里斯·马伦那（1940—2007）

鲍里斯·马伦那（Boris Maruna，1940—2007），诗人、翻译家、出版家。

出版作品：《爱在我们身后》（1964）、《我声嘶力竭》（1972）、《界限》（1986）、《如此这般》（1992）、《从远处看你更容易：重复的挽歌》（1996）、《地狱机器的指令》（1998）、《卡图尔这样写道》（2005）。

一个诚恳的提案（一个小小的建议）

巴塞罗那又一次破晓

在雨中：从我的窗户你看不见

远离圣家堂 [1]

的地方。我相信中世纪

仍然持续着

就当高迪就是吧

但在我们的时代

我永远不会

造出类似这样的东西。我认为

我们需要更多的

健康基督徒婚姻的破裂，更多

运动而少点

宗教信仰；奥运会多好

让我们大家在恐怖中

结为知己。当然了

还有更多的钱

消费社会应该

围绕金钱组织

起来。雨应该

只能在有阿拉丁神灯

1　圣家族大教堂，又译作神圣家族大教堂，简称圣家堂，是位于西班牙加泰罗尼亚巴塞罗那的一座罗马天主教大型教堂，由西班牙建筑师安东尼奥·高迪设计。尽管教堂还未竣工，但已被联合国教科文组织选为世界遗产。2010 年 11 月，教皇本笃十六世将教堂封为宗座圣殿。

和农场主电话邀请的情况下

降落。我觉得人类

最终还是需要一个机会。这样

我就很欣赏

我的美国妻子

的忍耐力。

她称自己很开心

当我快乐的时候（不常发生）。

她从不怀疑我是个很好的

丈夫。这我不否认

但我上了街

雨。

屋里没有木头

在空中你能感受到冬天的来临

就像我们的主

公平分配

腐烂的水果一样。

我知道：那里是毕加索博物馆

和勒班陀基督：在过去，正常的

男人能够

烤火取暖。但这不是

奇迹或审美的时代，这不是

思考的时代：

我越来越多地读犯罪

文学和美联社的

关于第三世界的

报道。显而易见的是

慌乱的人们挤在我身边就像我年轻的

有着紧实臀部的

而缺乏人生经验的女学生一样。

不是那种人性

人类的良心向左

或向右

有时也向中间。人类相信，一些东西

希望并争取一些东西。而我

在公交车站淋雨。

我熟悉社会主义

和资本主义，几个不同的民主制度

我对它们毫无期望：

不期待停雨，也不期待下雨

不期待彩票，或是

新摩西的到来。

（让他们自己死去吧

就像我曾经

生活

在他们之中。）

标题诗

夏天早晨在圣莫尼卡山谷深处

我在床上读了克罗地亚诗人的盲文版

当时网球赛的声响穿过窗户从操场上传来

覆盖着层层叠叠的桉树树枝

我是怎么分辨出双打比赛的呢

一边是女主人和她的情人

另一边是大女儿与她当时的未婚夫

每个人都能听到主人数点和裁判

当我的小女儿给我端来了早餐

赤着足穿着短裙，如同画里的女仆

我合上书，跟她说话

我爱她，胜过读诗和看网球

胜过有肺病的塞尔维亚语言学家

看，我扔骰子来决定我的去留

但她没有明白，只是附和着我

室外在清晨的阳光中，有人赢得了这次比赛

我听见笑声和主人激动的喊声：四十比零

那瞬间她咬住了枕头来抑制自己的叫喊

而我站在她身后就像古希腊的神，年轻又健康

但我毕竟不是伊凡·斯拉姆尼格[1]，我承受不了

我完事儿了。

为什么我不能按照神的旨意结束晚餐

整个克罗地亚我就记得某个年轻的无名无姓的扎戈列[2]女孩

赤裸裸地躺在迎春花之中，在春天的草地里

---

1 伊凡·斯拉姆尼格，克罗地亚诗人，小说家。
2 扎戈列，克罗地亚北部地名。

我记得克拉皮纳 [1] 像是奥菲利亚的头发，带走泥土

萨瓦河里的。数年之后，

当我在世界另一端便宜的小餐馆晚餐时

年轻的女服务生使我柔情四溢，好像她欠了我什么似的

她的乳房和她的腿

给我传递了某种信息

一些永远不会传达到正确位置

不会在正确时间抵达的信息

来自各方的新闻笼罩了我

从俄罗斯从德国从波兰从匈牙利从保加利亚

而且我知道小扎戈列女孩还在等我

在某种程度上克罗地亚也是

我边吃边想为什么我和别人不同

头、胃、手里的热感又从何而来

为什么我不能按照神的旨意结束晚餐

为什么我不结束我的晚餐按照神的旨意

为什么我带着不满足的感觉离去

再来一盘

为什么我不接受头脑的信息

---

1 克拉皮纳是克罗地亚北部城镇，克拉皮纳－扎戈列县的行政所在地。

为什么我不能带孩子去周末散步

喝一罐啤酒，按时作息

像普通人一样满足

我一下子推开眼前的盘子，结账

我对女服务员微笑，然后回家

我坐下，打开电脑

当空白屏幕出现在我面前时

我在热血和热泪之中（你们觉得怎么样？）

写下了另一首诗。

我这一生都立在那个年轻的扎戈列女孩之上

我早已忘了她的名字，她却还在等我

赤裸裸地躺在破碎的草丛中

在我青年时代的一片迎春花间

在我年轻的遥远日子里的摇摇欲坠。

克拉皮纳慢慢流向伊万契采[1] 流向萨瓦

尽管如此，克罗地亚仍在某种程度上存在于斯

我知道我的诗有作用。

它不能也不行，

不能有别的，妈的！

---

1 伊万契采，河流的名称。

作用

诗就是我。

序诗

在这些诗歌中，你们将徒劳地寻找

比已经说出来的道理更深刻的

思想

另一方面，读者将很容易

察觉　显然

我想首先

在被指派的行动地点

应该同时假设读者曾读过

亚里士多德

而且对本·琼森[1]不陌生

这意味着作者了解你们的问题

就像戏剧表演的基础一样

1　本·琼森，英格兰文艺复兴剧作家、诗人和演员。

让时间治愈伤痛

以及死者同遗忘的结点之间的关系

因此，这些诗歌基于一个假设

在初读时非常浅显

或者至少是某种程度上的浅显

让任何人都至少明白一点

对任何事物都负责追问的作者

并不存在

实际上也许从来没有存在过

作者想象出所有人物

所有事件，五百来个克罗地亚村庄

不少城市

两个城市街区午夜的街道清洗

邮局垃圾运送

以及在一个例子中，甚至想象出了整个国家。

而我做了实验

我过着艰难的生活
没事儿但是从没有人告诉我

我没有尝试过

我没有掷骰子

如果一个人作为克罗地亚人出生

就不能对生活期待太多

当其他人在为帝国担心

争权夺利，钩心斗角的时候

我在托雷莫利诺斯¹等待

一段新的艾丽卡²出现了

一段不清晰的世界剪片

在我的床上过夜

我昏昏沉沉睡意惺忪地起床

膝盖颤抖着

而女孩们在冷水中洗澡

然后在地板上健身

有着如跳板一般的

紧实腹肌

---

1 托雷莫利诺斯，西班牙安达卢西亚自治区马拉加省的一个市镇。
2 艾丽卡，二战时期德国军歌，词曲均由德国军歌作曲家赫姆斯·尼尔于1930年代创作，1938年出版。歌词用拟人化的修辞手法，像赞美一位美女一样赞美艾丽卡，表达一种对家乡对祖国的热爱之情。歌曲旋律不像德国老军歌《普鲁士军歌》那样雄壮悲情，而是相当轻松浪漫，是二战中德国军人最喜爱的歌曲之一。

有着如阿尔卑斯湖泊般的双眼

有着德国经济奇迹般的

乳房

而且总以某种方式与我达成一致

尽管她们不知道谁是塔西陀[1]

什么是条顿骑士[2]精神

我也没试图向她们解释

她们只活在当下

或在度假

当她们离开时，只留下了

满溢的烟灰缸

空空的酒瓶，

和一大窝白豚鼠

它们从房间的角落狡猾地看着我

---

1 普布利乌斯·科尔奈利乌斯·塔西陀，罗马帝国执政官、雄辩家、元老院元老，也是著名的历史学家与文体家，他的最主要的著作有《历史》和《编年史》等，从公元 14 年奥古斯都去世，提比略继位，一直写到公元96 年图密善逝世。
2 条顿骑士，又译德意志骑士，正式名称为耶路撒冷的德意志弟兄圣母骑士团，与圣殿骑士团、医院骑士团一起并称为三大骑士团。现时，条顿骑士团的口号是"帮助、守卫、救治"。

因满足而欣喜若狂。

狗

在马贝拉 [1] 和龙达 [2] 之间的光秃秃的山脉

无情地让我们回想起故乡维列比特山 [3]

可能是维列比特

但不是维列比特

就像我可以成为上帝一样

但我不是上帝

——实话告诉你

被这个世界的骡子所包围着

我几乎无法成为半个人

在山里

我和我的哥哥佩罗

与我们各自的配偶——

1　马贝拉，西班牙南部安达卢西亚自治区马拉加省的一个城市。

2　龙达，西班牙安达卢西亚自治区马拉加省的一个城市。

3　维列比特山，克罗地亚的山脉，属于阿尔卑斯山脉的一部分，长 145 公里、宽 10 至 30 公里，面积约 2200 平方公里，最高点海拔高度 1757 米。

遇见一只狗

狗的整个左侧

被汽车撕开了：

我们可以清楚地看到它受伤的肋骨

肩胛骨后面的黑洞

它的肠子处簇拥着苍蝇。

我们放慢速度，好像我们要参加葬礼一样

狗也在顷刻间停下

它尽可能地转过头来

或者竭尽所能地

冷静地看着我们

它的眼睛仿佛带着一些希望

仿佛带着大于理智的意图

走在灼热的鹅卵石上

向着海洋和死亡的方向

也许它会回到自己的故乡

断气？

或许，作为一只狗，它正寻找自己的主人？

也许它想到了最终的目标

狗的一生，或

它可能是一只完美的狗

就像我可能是一个完美的上帝

而我们都以自己的方式

做着行尸走肉。

在任何情况下

你会怎么做

在它的立场上？

想象一下你给年轻人的忠告！

在狗那浑浊的视线中

至于任何事情都幸免于难

只有令人恐惧的环境

它的故乡很远

而这还不是最糟糕的

TONKO MAROEVIĆ
东科·玛罗艾维奇（1941—）

东科·玛罗艾维奇（Tonko Maroević，1941— ），诗人、翻译家、评论家、文选编者。

出版作品：《实例》（1965）、《盲眼》（1969）、《热那亚的主题》（1986）、《角的轨迹，不是闹着玩的》（1987）、《四只手》（1992）、《十四行诗专业》（1992）、《黑光：即兴的诗句》（1995）、《惊叹号》（1996）、《乐于奉献》（2004）、《木材和石材》（2009）、《点灯人》（2019）。

致战场上的约西普·塞菲尔的信

亲爱的约西普，

约辛纳，

64

约扎[1]，

瞧，你立马三位一体了！

但这次，

只有你的灵魂回应了

我才能心安。

但同时，

除了物质聚集状态的变化

或一些新的东西出现，

轻柔的爱抚

才能重新开始。

的确，共产主义的幽灵

不仅徘徊在欧洲

更是盘旋在我们上空

兄弟情谊[2]被仇恨填满，

还有来自饥饿和瘟疫

芬兰军刀

和西班牙长靴的威胁。

1　约辛纳、约扎是约西普的昵称和小称。
2　兄弟情谊与团结，是铁托执政时提出的口号。

从布里涅斯基库特[1]

烈火掐住了

窗户的咽喉，却又枉然熄灭。

填满文字的

预言被证实：

哦人们，战争有希望了！

那场战争

（那场战争那场战争那场战争）

不仅回到了

外交层面

更是直接下达命令

从我们僵持了许久的地方。

不要再用卡塔赫[2]，

在房子的壁炉旁边算命，

不要去问巴黎，也不要问中国，

而去问你的邻居，你的亲戚，

1　布里涅斯基库特，克罗地亚中部村庄。

2　卡塔赫，是伊朗科吉卢耶－博耶－艾哈迈德省兰德县中部地区奥利亚·塔耶布农村地区的一个村庄。

而，遥远而孤独的中国，

在红酒的指尖闪耀……

亲爱的约扎之魂，

尽管你忍受着生活

笔直地背负着身躯，

你的皮肤曾经紧致

而又有如此热血。

闪电和雷鸣

充满了你的

感官，

有节奏地发出你的音节，

夺走叹息和恐惧，

而我给在这场战争中的你

写信

如同写给兄弟

（但我写的是一式两份，

给爸爸和儿子，

给生者和亡人）。

努力使我的想法冷却下来

我不能，然而，成为游牧者

我不能，当然，成为凤凰，

我甚至不能确定最弱的风……

因此我还是没有想好

是否要在你的诗句里寻找

你重要的特征。

当然，当用来自亚洲的小陶罐

给我们斟酒的时候

我们将一滴一滴认识你。

在你闪闪发光之处

像被针扎过后的麻木

我们将保持沉默，

我们将被刺刀晃倒。

鸟儿们，现在集合！

等鹈鹕准备写的时候，

信天翁则成了傻瓜

而椋鸟继承了它的思想，

夜莺则在静静呼吸，

乌鸦则将去往北海。

1992 年 2 月 26 日

维罗纳挽歌

一

我在一个陌生的地方下车

我穿过街巷，角落处

继续往下走

当然，沿着罗马式的长方形。

我本能地寻找着自己的临时目标

顺路走到狮子门

所有方向瞬间明晰；

我没有在童年时代白白地行走于相似的十字路口之间

地板上仿佛有我的过去

（金色的地板，银色的门）。

碎裂的灯，破碎的墙壁，倒塌的支柱，

被错误地驱使入这个空间流体

偶然地

从另一个方向指向纪念碑。

诗人平德蒙特[1]死亡的地方

因为他，我得以顺利进入中心，

没有拖延和犹豫，我像死亡之城的灵魂一样

适应了这里，因为这是必须经过的

一站。一步一步，一石一石，一墙一壁

我穿过这里的机理，追寻蜂房的痕迹

直到街区转动起来。竞技场把街道吸入

并如旋涡一般围绕着自己的骨骼转动。

我和它们一起，在空中，

透过各切面，我突然理解到

圆的正方形（或是正方形的圆？）的运用法则，

直到这空间流体把我扔在纪念碑的屋前

那里站着伊波利托·平德蒙特，

出生在文学世家的，

诗人。受到相似预感（永恒的？）的启发

很快我就来到波萨利门

然后穿门而出。

---

1 平德蒙特，意大利诗人。他曾在摩德纳的圣卡洛学院接受教育，但在维罗纳度过了大部分人生。

二

你知道这个国家吗，你知道这个地方吗？

苍凉坠落在这一个曾经肥沃的地方

那么来吧！朱丽叶不会在家

欢迎你但你仍可以进她家

因为门票是免费的，到里头也没什么

值得给钱看。朱丽叶，你说，

也可能是莉维亚，艾米丽，克拉拉贝拉

或是特殊一点的维罗妮卡（纯粹的场所精神

反映，当不是面对最终真理时），

因为她的名字反正是古罗马军团里的一种。但你不是

军人。

在肥沃的低地，在密集的交叉路口，

总有军队驻扎：罗马人和哥特人，

伦巴底人和其他民族，威尼斯人，奥地利人——

被战利品的气息、味道和触觉所吸引，

也许女性战利品的特质可能更为明显。

在奥地利人中，军队中有不止一名来自我们家乡的

低阶军官，常常为远在家乡的

德拉甘娜叹气。

而罗密欧？哦，罗密欧！罗马的每个人都是罗密欧。

（我是罗密欧；

莎士比亚的朝圣者。）

舞蹈时间过去了，玛尔！今天只有表演。

而之后，准备在体育场表演的《魂断威尼斯》

纽瑞耶夫扮演古斯塔夫·冯·奥森巴哈，

应该会很好看！

从健康的人流转移到病态的潟湖，

从哥特晚期到新世纪早期，从文字到

运动，从一极到另一极，从左到右。

弗斯科的朋友今晚不会同我们一起

感受广场上的坟墓，经典作品的精髓，

但我们会把想象呈交给纯粹的现实，

以感受自己的忧虑来感受别人的忧虑，字里行间

都萦绕着挽歌般的忧愁，直到我们找到

空荡的洞穴，才得以遗忘这个角色。

"我选择争论"，但我们又能做什么呢

当芭蕾表演延期因为纽瑞耶夫

在观众面前，踢了他搭档的臀部，

破坏了节奏，而使表演推延了时候。

三

凯普莱特和蒙太古……但丁

认为这只是两个姓氏而已

把两个姓氏摆在一起。

可能互相争执、大闹、冷战，

可能两个家族间的斗争看似停息

但实际上早已结下了死亡的果子。他知道，

清楚地知道，高塔之间的山谷

和通往堡垒的大狗和楼梯

无法挣脱。除了，远远地向上，根据缺乏的东西。

在地上，沿着土地，高墙仍然存在，

产生了对天堂的幻想

（当然，从史前时期开始，人间天堂

就有对禁果的狂热）。比如

自己的选择、理想的二合元音、合适的韵脚、

男女间的幻想（争论中的矛盾），

你正擦拭、遮盖、熄灭梦想

在你之前，仿佛会在你身后已有的痕迹之上

强行加上自己的标志，而马克和艾伦则站在

朱迪斯和斯特凡诺旁，南多和皮埃拉与隆和艾尔菲亚

身旁，

苏珊娜没有钱，帕特里克也没有更好的另一半

安洁里察没有同伴，只有自己一个人

（只留下安洁，在所有人下面，在底部的底部，

必须站在分开的卡图卢斯和莱斯比亚之中）。

但是，到处都找不到我们的名字，不会像

愚蠢的天鹅对着干枯的墙壁咳嗽

用自己最后的叫喊、最后的韵律和死于威尼斯的垂死

挣扎。

死前的抽搐引人进入幻象，有一块墓碑，

不幸的，毫无希望的——

没有得到幸福的人的墓碑上——写着（"信不信由你"）：

我爱

南斯拉夫。

"哦时代"！而当灰浆侵蚀

朝圣者的名册时，

命运把我看作是在

中欧国家意大利文学圆桌会议上的

克罗地亚代表

计划颁发

坎皮耶罗文学奖。

会议或多或少令人愉快，

和名人以及老熟人见面。

我唯一想要补充的只是一篇纯粹的游记，甚至

是不纯粹的报告，我没有义务给任何人支付账单。

因此，我总结一下，车已经准备好了

第二天我得开着它回家。

1991 年 5 月 23—25 日，维罗纳

MARIO SUŠKO
马里奥·苏什科（1941—）

马里奥·苏什科（Mario Suško，1941— ），诗人、翻译家。
出版作品：《第一次旅行》（1965）、《第二次旅行或精神
病》（1968）、《幻想》（1970）、《生存》（1974）、《告解》
（1976）、《地图》（1980）、《出走之书》（1991）、《诗歌
手册》（1994）、《未来的过去》（1996）、《与流放者对抗》
（1998）、《生命和死亡的阅读 1982—2002》（2003）、《等
待的永恒》（2006）、《关门时间》（2009）。

陌生人和他的序言

我总是想做个真实的人
这个想法，陪伴着我的生活
在我的脑海里，我想把它弄明白

仿佛这是一种动力潜能——

一株幼苗或是一种纯粹的印象。

他们给我带了张纸

还有根笔，很短的笔，

还让我放下一切负担，

然后我就在桌上放下了

纸和那根短短的笔。

我是否能说：假如真实

意味着和事实一致

或是和现实性一致，那么一旦现实性

和事实相左又会发生什么呢，也许只能

接近虚幻的事实？

那么这是否也是一种美德呢，就像"古罗马时期的德[1]"？

他们给了我笔记本

和一根大得多的笔，

削得很尖，然后让我

---

1 古罗马的一种特定美德，具有勇气、男子气概、卓越、勇气、性格和价值的涵义。

放下一切负担，

然后我写下了

所有我知道的

且不为人知的知识：

我们总是对那些我们不想知道的

挑挑拣拣，以能够

把蒙昧无知当作亲人；

而它是一种行为的表征，

支持着自身内心的

反应，就像"无知"，

这的确是。

忽视那些我们所选择的，以便于

能够忘记我们本不想知道

却知道了的东西。

他们最后总结出我是个麻烦，

对他们的环境是个威胁，

对自己也是个威胁，必须

强加监管，

就算我被释放，也无法适应周边的人。

（附：为了做出善意的姿态，

他们还给了我一个画册

和一大堆没削的铅笔。）

寻找生活的回归

我读了你在日记里许的愿，

提到了有一天你会突然想起我的东西

那些在楼房被轰炸以前

被我匆忙塞进包里的物品

世界上的生活从此被迫做出选择

要在供水站排队，还是等待家里的水管恢复供水

之间做出选择

她唯一的愿望是那么饱满而纯洁

只是想在无梦的夜里入睡

而这个愿望已经消失在残旧的房间

不，在她说话的时候，我曾试图

回想起我曾经想从那本老旧的练习本

得到的东西，那本练习本早就不见了，

练习本里写满了稚儿般的笔画，

这些笔画努力让字母保持在蓝色细线的上方，

她看着我成长，根据她说，

我是她必须好好照料的一幅画和

必须把握好的一次机会

就好比仇恨，需要良好的照料才能长存

毫无疑问，仇恨里有我出的一份力

为什么不去找个男人，某个夜里

我闯了出来，她巨大的十字架激烈颤抖

我红色的手掌上有樟脑的味道

让人十分痛苦

更别说那道裂开的幕布

她转过身来，挥手拍了我一巴掌，

她丝缎制的内裤落至脚踝处，而我

刹那间瞥见

母亲那鼓起和僵硬的肚子

长裙如同剧院幕布一般滑落下来。

她是如何创造这唯一一个让我安心的地方的？

想到这个问题，我的全身

像被强电流击中一样打起了冷颤，

我的神经发出咆哮。

为什么消失的是爸爸，而不是你

我尖叫着冲出了房间，

我的眼睛充满泪水，手掌滚烫

仿佛我试图从贫瘠的土地里

拔出荨麻。

战争仅在幸存者身上留下了

灾难般的后果，使他们在没有逝去的过往里

迷失，他们受创的思想

绝望地乞求生活的回归，一字

一句，却无法再讲出

一句现在时态的话：

我在。

BRANIMIR BOŠNJAK
布拉尼米尔·波什尼亚克（1943—2016）

布拉尼米尔·波什尼亚克（Branimir Bošnjak，1943—
2016），作家、评论家、编辑。

出版作品：《向我们接近的一切》（1969）、《面具的磨
损》（1974）、《穿睡衣的体操运动员》（1978）、《语义的
饥饿》（1983）、《无辜者的刀刃》（1989）、《时间的罐》
（1996）、《欲望的体裁》（2005）、《小事物的目的：短
信息》（2008）、《迷失于互联网》（2009）、《克罗地亚诗
歌——20世纪诗人（上、下册）》（2010）、《世界底部的
诗歌》（2013）。

睫毛之下

所有画都紧贴在一起

一个挨着一个

在令它们窒息的画框之中

熔化，顺便相互交谈

死神重置了世界

潜伏在无数的记忆之中

西斯廷凡尔赛乌菲齐

我闭上了眼睛

孩子们怎么办

他们灵活地

拨弄着电子设备

却什么都看不见

你可以的

在同一个时刻你也可以年轻地死去

然后又将是你的时代

永远和你一起

然后死亡之中喜悦的旋涡被创造

不朽的海豚扑腾到它们身上

一切下沉又浮起，人

从自身体内

沉没

到底

就像

用尽了所有力量

而一切

自顾自地发生了

就在这没有任何名字的

空虚当中

自由写作

充分的自由：它大口吸取并且提供

手触到的所有东西

几乎整个世界都在掌心之中

给了你坚不可摧的力量

掌心明显地感觉到，也看到一切

包括皇宫和独裁者

看到好的坏的，看到爱情的咕哝

84

以及看到

统治着你刚获得的自由的

背后的主宰

你对死亡和生存都怀有罪孽

你必须摆脱它

而这救赎深深地刻在你的前额

这样你就会保护自己而非思考

自由大口吸取着，会提供你手触到的所有东西

睫毛所想要掩下的所有秘密

"在低垂的睫毛之下"

你成了父亲然后你给自己

那些你早已选中的：缓期，缓期

把自己举起又压低

自由盘旋着

创造了一个充满透明差异的炽热世界

自由总是希冀

回到干燥的掌心之中：

而掌心恰巧捉住了自由的一个碎片

爸爸给的食物总是更令人安心一点

世界如何形成

微小的事物有了一定规模

但对于那些看到它们的人来说却不存在

一个空间里：

窗边赤裸的肩膀

投来会给你带来快乐的画面

占据你的视线，

会倾斜在世界的边界上，

你会同时降落和飞翔

你会看到垂直落下的

没有罗盘的细小雨滴，

尽管每件衬衫上的脸

都赤裸而死气沉沉，

但仍忍耐着这世界

这世界不停地强行把

海绵塞进你干涸的嘴里

从中流出幼发拉底河和底格里斯河，

患了麻风病的豹子们交换

宇宙飞船上的地图

整个世界都在你的血液中成长

你没有看到这些从我眼中取出的碎屑

这些危险的微小事物，使我发疯

世界正在从我眼睛的反射中一点点擦去它的真实性

关于遗忘之歌

致弗拉达·克里斯蒂罗

死神提出了合作

把他从亚马孙丛林里驱赶了出去

什么都没有说。所有到萨格勒布

车站的路。沉默寡言的写作机器

一边惨叫一边砸警察的头

没有人问他

他扔掉

写满了关于自己内心苦衷的

纸条

他被认作是罪魁祸首

没有人从他身上看到

他将成为被遗忘的牺牲者的

其他角色

这场戏里，没有任何人可以

逃出简单的圈套：

每个人都保持着未完成的状态

在这巨大的集中营之中

在这不准说话的集中营之中

在这令人惊奇的自由之中

在这不准叫喊的自由之中

在这世界之中

在这总是与死亡狼狈为奸的世界之中

从不存在不曾在沙漠里迷失的作家

冻住的尖叫声也不可能轻易地破坏这场游戏

所有看见了的人都立即遗忘了这一画面

之后随着奇迹，遗留的东西太少

在无声的世界里柏林墙神奇地落下

头上的屋顶几乎要被掀开了

Content:

STJEPAN GULIN

斯捷潘·古林（1943—2014）

斯捷潘·古林（Stjepan Gulin，1943—2014），诗人、评论家。

出版作品：《金属》（1978）、《等同于诗歌》（1987）、《对策》（1988）、《情诗》（1992）、《词语》（1995）、《弹弓》（2003）、《如果保持沉默，就没有人犯错》（2003）、《不是那样》（2005）、《盐做的无花果》（2009）。

在喜马拉雅上的一切

我是造钱人，我信仰

世界新秩序，我觉得我就像

一列穿梭于海湾间的海上列车

精神病人弄瞎了小猫而我绞杀了驴子

数字占卦术的朝圣者行走着，像是一种极有风格的新科技

信息技术对我来说很重要，因为我需要同女性联结

因此我偷了 200 公斤的工业线缆来联结我们的灵魂

因为赤裸的男人用父亲的斧子击倒并用线捆住警察

把警察埋在了屋旁并用啤酒浇灌

奥米什[1]的滑翔伞运动员给我带了一杯威士忌

并讨论心理学的话题

主教和修女在车里做爱

天父兽行的受害者却得不到弥补

儿童医院以 100 倍价格拍卖器官

黑人外交官得不到政府的信任

道德基金会投资于武器生产

污染者每天花费五万保护小狗

嘈杂混乱和游手好闲被鼓励

而认真工作却被惩罚

我随着嘻哈节奏摇摆

而她却在测试我的敏感带

我在喜马拉雅之巅谋划千禧年之乱

1　奥米什是克罗地亚的城镇，位于该国南部。

我是暴力之源

暴力是有理由的因为妈妈恐吓我而爸爸

在拍摄战争电影时死去

我从小贩那偷了几个清晨的杏子和晨报

当我年幼的儿子杀了几个老头

美国参议院驳回了对驻克罗地亚大使的任命

我认了罪又把针扔进了游乐场

打开了我的私人领地——子宫

发现了一窝小老鼠

熊熊烈火使我窒息

我必须练习马拉松的技巧

但我的电脑被夺走了

那时我正通过卫星电话沟通一桩卖掉一点宇宙的股份

以换取 501 牛仔裤的买卖

服务生在顾客的眼前罢工

全部都是由一艘坏了的拖船而引起的丑闻

这艘船载着游客漂去了塞族共和国 [1]

---

1 塞族共和国一般指波黑塞族共和国。1992 年 2 月 9 日建立的波黑塞族
共和国是个政治实体，拥有自己的政府、议会、军队和警察部队。塞族共
和国和波黑联邦（又译穆克联邦）组成波斯尼亚和黑塞哥维那。

工会笑而不语

流氓宪法中的章节使我心痒难耐

克罗地亚正在练习黑山的拿手好戏

政府不配休假

因为当旱灾长期肆虐

政府却开始为曾是罪犯的书店经理保驾护航

我——市长——抛弃了职责

这个民族没有未来

这个民族满是要从患者身上移除乳房的诗人

我将把我的孩子送去美丽的地方

让他们在那里卖面包

为客人服务

在牢房里款待年轻的英国女孩

而我只是制造无声的暴力

LUKO PALJETAK
卢克·帕里耶塔克（1943—）

卢克·帕里耶塔克（Luko Paljetak，1943—），诗人、剧作家、作家、翻译家、文选编者、编辑。

出版作品：《玫瑰的邪恶》（1968）、《紫色的雨》（1973）、《老鼠与倒挂的猫》（1973）、《十四行诗与其他封闭的形式》（1983）、《布雷姆和其他诗歌里的动物》（1984）、《杜布罗夫尼克的诗歌》（1984）、《雪下的歌唱家》（1994）、《矿物展览》（1996）、《白色的黑暗》（2000）、《隐蔽的花园》（2004）、《黑色纪事》（2006）、《格陵兰的蝴蝶》（2006）、《看不见的旗帜》（2008）、《触雷似的十四行诗》（2013）、《新的黑暗》（2013）、《季节》（2014）、《天空的七边形》（2016）、《采购》（2017）、《苦涩的黎明》（2018）、《过早鸣叫的鸟》（2019）、《诗选》（2019）。

和一只苍蝇的对话

我昨天和一只苍蝇说话

单独地，我想告诉它一些

基本的东西，它只用一只耳朵

听我说，

用另一只耳朵听遥远的声音，

可能是诗琴

也像符号谱

我的沉默被放在桌子上

偶尔在堤坝中，偶尔在底下

它意识到，我想要找到我们的语言

我向它解释，我想接受

莫扎特和格里格[1]那样的死亡

甚至还有斯特拉文斯基[2]，也很难从

这回旋曲里辨别

从第三章开始，一切都是电闪雷鸣。

---

1 爱德华·格里格，挪威作曲家，19世纪下半叶挪威民族乐派代表人物。
2 伊戈尔·斯特拉文斯基，美籍俄国作曲家、钢琴家及指挥，20世纪现代音乐的传奇人物，革新过三个不同的音乐流派：原始主义、新古典主义以及序列主义。被人们誉为音乐界的毕加索。

古老爱情的序言

为什么我们在土地之间如此轻易地坠落

谩骂践踏郁金香的小鸟

粗暴地夺走递来的枝条

扎进

小小玫瑰的心脏，她本可以成长

在我们眼睛的寒冬里蝴蝶变成化石

为什么我们如此黑暗，沉闷，痛苦

我们看不见树，也看不见树苗

疯狂太阳的肖像，也看不见

看不见年轻的树冠，它正学习着成长

然后我们如此走着，带着残废的心脏

而田野有一双可以用来拥抱和亲吻的手

山丘是温热的大腿和温热的乳房

崎岖的田野用母乳哺育着河流

水洼是嘴唇而庄稼是洁白的牙齿

小鸟是长长金发里的发簪

在田野中散步的女孩在暑气之间

修长的身体穿着

金色凉鞋，把鞋一只一只踢飞

光着脚的白皮肤女孩奔跑起来

困倦的太阳藏在草地里，发出嘶嘶声

远处山顶上，天空发烫

为什么我们会像聋子一样落在钟声中间

如此奇怪地沉默，所以几乎没有说

有些地方在相爱的世界里

为什么我们如此沉重

在这个飞翔的世界，花园里所有的花都早已枯萎

我们看不见温柔的、合十祈求的手

给我们提供草地和树冠

为什么每株树干都咒骂我们；

愿望在树枝上一个接一个熄灭

而慈悲的心远远地伸出强壮的枝条

来拯救天空尽头疲惫的鸟

为什么我们只知道砍伐并留下伤口

我们可以用自己的身体保护花不受冰的袭击

耳朵在田野中央听见蓝色藤蔓的咏叹调

而女性可以造就美丽的孩子

在水边静静地玩耍，用优质陶土捏成

陶罐，高兴地笑

我们可以给每一根善意的枝条一点什么

为它们唱唱歌

从太阳的亲吻中感受到荆棘

为什么我们充满了罪孽，总是想要杀死星星

这样我们不再想要接受我们自己了

既没有海岸也没有草地，也没有长满果实的枝条

不想让小鸟害怕落在我们的手掌中

我们不会有温暖，山丘也不会接近我们

尘世或神圣的向日葵也不会爱我们

满是黑暗，满是罪孽

我们将不再知道爱，不再亲密

所以让我们再一次温柔，再一次温和

让我们向田野鞠躬

祈祷中充满了恐惧

毒死每一朵花，摘掉每一个花朵

让我们再一次温暖，再一次简单——赤裸

流满温顺的血液——让我们为玫瑰祈祷

祈求宽恕和祝福

再一次想起来，深深相爱

最后的晚餐
——经外书

"当时，此处"

耶稣把他们召集到一处

在一个简朴的地方，

"我们今晚共进晚餐，"他告诉他们，

"你们可以随意点菜

想要的，点，

所有人想要的这都有。"

彼得会说："我要吃牡蛎，

我的最爱。"

马太随后："我要一点

羊肉，

配新鲜的土豆和葱。

我喜欢极了。"

女服务员玛格达莱纳

在自己的小笔记本上

记下点单，

厨房在紧张地转

她的姐妹玛莎

勤勉得如同一只蛆虫，

桌上放着一瓶酒

鲜红如血。

安德利亚说："我要鱼，

但不能是看见过冰

的鱼！"雅科夫听见这易怒的声音

一震："不能

这么说，我们的鱼

每天都很新鲜

我们从加利利¹捕的！

你怎么回事，喝醉了吗？"

"我也要鱼，"塔迪亚说，

"配一点甜菜。"

"我也是，"西蒙说。

"也请给我鱼吧，"汤姆说，

"但我还是需要看看

鱼鳃的颜色——也就是，

检查一下可以检查的东西，

不要给我糟粕！"

"我不吃鱼，"菲利普说，

"也不要蛤蜊，这些东西我吃腻了，

我更喜欢鸡肉，如果可以的话，

配沙拉和炸薯条。"

"亲爱的伊万，"耶稣说，

1　加利利，以色列北部地区。加利利也以耶稣基督的故乡而闻名于世。
十二使徒的彼得、雅各和多默也都是当地人，在加利利海以捕鱼为业。

"你要吃什么？"

伊万说："老师，我要

和您一样的。"

一个个都点

自己想要的菜，

因为这是他们一起最后的

晚餐。

坐在桌尾的犹大：

"我不知道，我最想要

两个鸡蛋，今天

我不太饿。"

"真的，我认真地告诉你们

你们中的一个

将背叛我。"此时耶稣说

他压低了一点声音。

他的话传到

桌子那端

的耳朵里

响起了一些闹声。

有人的盘子倒在地上，

发出了响声。

"哦，犹大，"彼得说，"我们

什么都没听见，住手吧。"

"这可能发生在每个人身上，"

犹大生气地说，

"求求你，老师，

跟我们再说一遍吧。"

耶稣什么也没说

接着举起面包

和酒，说："这是

我的，身体，血液和灵魂；

这样做是为了纪念我，"

拿起一块面包

给了伊万："一切都在桌上。

享受吧！开胃吃！"

他们在深夜晚餐，彼得

吃了满满一篮子

小石头，而犹大吃了鸡蛋，

还有一块煎饼。

油灯里

火光渐渐烧尽，

圣徒们已经睡着了吗？

耶稣独自一人。

IVAN ROGIĆ NEHAJEV
伊万·罗季奇·奈哈耶夫（1943—）

伊万·罗季奇·奈哈耶夫（Ivan Rogić Nehajev，1943— ），诗人、作家。

出版作品：《序言》（1969）、《从拔摩岛出发》（1971）、《玛拉的皇冠》（1971）、《给人歌唱和诵读的港口诗歌》（1980）、《关于名字、女人和其他的诗歌》（1985）、《城市心脏的外围脉搏》（1992）、《被驯服的幸福的数字》（1994）、《基础测天图》（1994）、《地中海，第七次》（1999）、《落穗的诗》（2004）、《自由的石膏板安装工人的记录》（2009）、《第十号：诗选（1969—2014）》（2016）。

1984 年野生动物园之旅的日记

雪人 [1] 忽然想起

鳄鱼嘴里叼着水仙，弯曲的眼镜蛇

被倒影染成蓝色的抽象概念

狮子蓝宝石般的眼睛成为焦点，

早晨，女狙击手

用左手摘了一把兰花。吉普车，漂亮的女孩

观光客和公园的数量多了起来，自然地，

锋利的疾病也随之而来；当太阳升起

狂欢和暴力的气味沿着地平线

向土著，一边假意微笑，一边发出嘶嘶的咆哮

蓝颜色冷却，动物胚胎纷纷后退，

化成一排排小点，渴望被毁灭了

成为一组沼泽中的化石

1　雪人是一种传说在珠穆朗玛峰活动的动物，一种介于人与猿之间的神秘
动物。

辛烷细菌，泛着

深绿色光泽；对于最好的狙击手来说

星星是遥远的病菌；

她们为邪恶的眼睛痴迷，星星像天使的子弹

逃脱了追踪，在身后留下了光辉的彗尾；

病毒，淋巴的清洁工，收取了茫然和喧嚣

病毒以上帝之名保护自己；

鳄鱼嘴里叼着水仙，弯曲的眼镜蛇

躲进蓝色的厄运

蓝宝石的中心，franko fix 牌消毒湿巾

充斥着监狱味道的

武器

雪人忽然想起

1992 年武科瓦尔[1] 挽歌

我是战争的死结（我：武科瓦尔）强撑着无主的

记忆。从低处，多瑙河的泪水将，轻柔地挤出。

这么绿。这么红。

流亡妇女的喊声冲破

毛细血管和磷弹：我将永远

爱你，把穿着凉鞋的脚和盖着羊毛垫子的

餐具放进悲悯的铁桶。

从高处，顺畅得如同炮管。

这么蓝。这么黄。

子弹沿着街巷刺进皮肤，

人们从西里尔文的废墟之中爬出，追寻着新的家园。

这时人们干涸的嘴里说出

自己的名字，如珍贵的阿司匹林。

能听见：武科瓦尔，

能看到没有用麻药就被截肢的手掌。

能听见：武科瓦尔，

---

1 武科瓦尔位于克罗地亚东部武科河与多瑙河交汇处，邻近塞尔维亚，曾在克罗地亚战争中受到严重破坏。

能看到通往希兰达尔修道院 [1] 的公路上布满脾脏。

能听见：武科瓦尔，

能看到对东南方向的斯拉夫兄弟犯下罪行而遭到刑事控

告的人。

能听见：武科瓦尔，

能看到尼什 [2] 的当铺，一切都在铁丝网中被遗弃。

什么都听不见，

能看到被盐水腌着的头颅，

这座城市曾属于每逢周日就一边喝酒一边踢球的小伙子。

我（我：武科瓦尔）站在走私者和行人们的十字路口。

天空昨天着陆在丝绸上，在大西洋边，在会计的

肩上和床上躺下。学着当红模特的优雅举止，常常忘记

云，以及瘦弱的雨。

天空躺在玫瑰间发亮。

我幻想着快乐的女人。我清洗她们的大腿、皮肤和胸部，

像是一幅太久远的温柔画像，但又在她们的哭泣中消

1　希兰达尔修道院，希腊阿索斯山的一个塞尔维亚正教会修道院，由塞尔维亚正教会首任大主教圣萨瓦和他的父亲、放弃王位出家修道的尼曼雅王朝首任大茹潘斯特凡·尼曼雅一世创建于 1198 年。该修道院代表塞尔维亚宗教和世俗文化的摇篮。
2　尼什，塞尔维亚南部城市。

亡。没有身体的

姓名太过狭窄。因此我学着约束自己。但

把这片草原分割开来的武器，以同样的温存

等待着新的弹药补给。作为回报，我帮他

画出了克罗地亚，仿佛转轮手枪，将我名字里的 V

放在了枪管上。数月以来，强制的勇气使我在

干芦苇和干玉米的荒原里留存下来。因为我是来自上帝

童年的角落，

因而我得到了所谓的优待。我被彻底地流放，我与世界

格格不入。

我（我：武科瓦尔）站在克罗地亚之内，这里，上帝是

唯一的债务人。

那他们在上面干什么呢？

到底是谁在克罗地亚上面，

留下了那些来自伦敦的足迹？明确地指点

什么是必须的，什么是不必须的；很久以前，

在地球的顶部和最深处能看得

清清楚楚：有非常多优秀的大师，

需要问及其他幸存者古希腊诗体的格言；

九十年代，当计算机比上帝更聪明，

当波浪推翻时间

没有地方没有人被记住

如何温柔地沿着祝福和

他们继续支持类似的收益；

对那些女人的记忆，被钉入罪恶的女人

鸡蛋仿佛拳击手的拳头，之后记忆被抹掉

在标签下：她们消失了，本可以躺在

她们自己的屋檐下；但是在克罗地亚

那上头究竟有什么？哎，世界从一开始的笑容满面

变成如化石般僵硬，

僵硬的表情被贴在了管事的人脸上，

我再说一遍，礼貌点，亲爱的，

不要爆炸，它会跟你说，你就是变态的人和恐怖分子

埋下的炸弹；都知道的，

我不是可以宽恕一切的上帝，双眼盯着时间的长河，

我只是想知道到底是谁

在克罗地亚上面，留下了来自伦敦的脚印？ 指点着

需要什么，不需要什么；拿来，威利，

没有人能更好地写关于淋巴袭击的讲稿

在需要的地方，会听到你的声音，至少是为了

他们领导的文艺共和国的这一空想，我来自克罗地

亚——

那里空想是不流通的货币——引导人们学习

再一次，从头开始，学习那些无法学会的东西，

有这么多伟大的诗人，是操纵耻辱的武器的大师

终将派上用场。

如何书写关于先辈们的故事

在关于先辈们的故事里，宁静是必需的，

而清晰则不需，我喜欢在宇宙的琴弦上聆听

在它的边上，那里月桂树在微风的吹拂下

玲珑地伸展着翠绿的枝条；我也伸展

伸懒腰：水和空气因为同情心而结合

我是先辈唯一的后裔

我的先辈们留下了什么，说实话，

很容易就数清楚了：强大到找不到借口的能力，

几张关于天堂的残破的草稿，

散落在各处的十几座城市，

神在城市里保持年轻，保持微笑；

当然还有女人，美丽的女人，有两颗心的女人

她们像银河一样闪耀，燃起璀璨的光

虽然只是个新手，但我及时地、按照身体的法则

仔细上上下下清洗肝脏，在喉咙里面杀灭细菌；

我沿着椭圆的轨迹收缩，

卷成一个一个的球，

我还随着身体的成长来训练心脏的旋转；

我真的不知道，对于周围的排列来说

对于层层叠叠的花环和计划好的意外来说

我是不是太快了，我真的不知道

然而，宁静，结构性的宁静让我摔倒在

我所在的地方

而只有月桂树，是我的遗产地图上明确的线；

我再说一遍（上帝坐在了耳朵上吗）

我没有义务付诸记忆，

无论如何，对于实体的渐进式回归，

我不靠印制的图画而活着

我靠的是琴弦当中的幽幽蓝色

错误的笔触，严厉的质疑

殖民者的信，我不会打开的

我不

BORBEN VLADOVIĆ
波尔本·弗拉多维奇（1943—）

波尔本·弗拉多维奇（Borben Vladović，1943— ），诗人、编辑。

出版作品：《阳台的空间》（1970）、《三乘以七等于二十一》（1973）、《弗鲁里耶》（1980）、《熨书斗》（1982）、《细节的完整性》（1991）、《抒情诗》（2000）、《抒情诗的赌徒：选集》（2005）、《铁路边的牵牛花》（2008）、《9号房子》（2011）、《电动的月亮》（2015）、《陀螺仪》（2018）。

我看见天空而天空看不见我

我爬上楼梯到摩天大楼的

最顶上一层看见了天空

近在咫尺的高傲的天空看不见我

我爬上了陡峭的山峰

直到辐射发射器

信号向各个方向发射

在天空下——我看见它，它却看不见我

我去了海岸

它是天空触及大海的见证

我步入大海，但天空没有看见我

我读了诗

我看了云

我四处航行

有时独自有时不是

但是天空不在我身边

我沿着山走了很长很长的路

到了山顶一直到医院

我看见天空但天空看不见我

我被带到海上的绿岛

这是柔滑的绿色和沉默的蓝色间的

空中的墓碑

望向天空

看起来这次天空看见了我

但它不会告诉任何人

我的父亲玩字谜游戏

我们坐在厨房的

空桌子旁

父亲和我

缄默

炉子上咕嘟咕嘟煮着

妈妈的眉毛则

在笔的沙沙声中

高高挑起

因为父亲在玩字谜游戏

透过开着的窗户

能断断续续地

听到当时我的稚嫩声音

带点哭腔，有时唱歌和尖叫

那个巨大的焦糖做的自行车

黏黏的

穿过剖开的枕头

成年的我一直在等待问题

我不再害怕羽毛或铅

我解开转轮手枪

我把它放在太阳穴上

而父亲突然问：

在"垂直"之下——

是"扳机"还是"公鸡"？

我回答道

　　　　　扌

　　　　　反

　　　　　木

　　　　　几

我们一起迎接了黎明

老收音机和音乐家自传

这只老收音机

接受了我的悲伤如同捉一只死狗

我的房间像一块地毯

某种意志，某种强迫涌入

在的里雅斯特的旧港口

这只收音机裹着狗皮

一个胡搅蛮缠的街头贩子把它卖给了我

他追着我嚷了半条街

当我意识到，无论如何

我都是会因为种种原因变聋的

然后我进了音乐学院

租了一架钢琴并准备了其他设备

相机在衣柜里躺了太久

等待着我的韶华老去

现在这铁质的从未使用的机器

流淌出音乐

我在工作台上找到了它

它通过无线电广播让我解脱

这是我奉献了一生的，音乐

ANDRIANA ŠKUNCA
安德里亚娜·什昆察（1944—）

安德里亚娜·什昆察（Andriana Škunca，1944— ），
诗人。

出版作品：《延伸到天边的白色》（1969）、《午后的短暂
阴影》（1973）、《沉默的转变》（1981）、《废弃的地方》
（1985）、《镜子的另一面》（1988）、《根，墙，盒子》
（1992）、《绿色尘埃》（1994）、《诺瓦利亚风光》（1999）、
《狭窄的日子的纱》（2002）、《摇曳的时间》（2015）。

变暗的岛屿

我走进了黑暗的空间。我随着牧场和羊群一道慢慢
缩小。在满载的石场中，萎缩的阴影种子散落在未
经证实的路径上。在小径上，黑暗降临大地。

附着在清澈蓝色上的寂静从沉默的灌木上解脱开来。密
集的葡萄园正在烟花中绽放。
变暗的岛屿在草地和海面之间蔓延。

脸嵌入狗尾草

我们触摸那些无声地躺在玫瑰花瓣下的人。铃铛环潜入
纷飞的花粉中，与蜜蜂一道。我们充满了宇宙的记号。
能触摸到缺失的东西，谈论偏远或消失的空间吗？ 在
山后，仿佛倒车镜里的影像，空空荡荡的、雾气蒙蒙的
房屋出现了。土地在早晨不翼而飞。潮湿的空气将云层
分开。太阳从湿润的苦艾秸秆里出现。窗户上投出了帆
的阴影。
对消失的恐惧转变为另一种形式。没有人说什么，甚至
不说名字。脸嵌入了狗尾草，只有长长的静默。没有延
续。回声平静下来，在小小的池塘中熄灭。在豆荚中，
时间越来越长。无声的距离。根部嵌入黑暗，在海的脉
搏之下。

无花果干

在干燥的无花果果实和草本的秋天，苦涩的嘴。桌上放着空杯。还有薄荷和柠檬。蜜蜂追住太阳，像蝴蝶一样投射出一片冷冷的阴影。

深色的墙。溢出的葡萄酒，品尝成熟的葡萄。早被摘下的无花果在板上干涸。潮湿的水果在晚夏发黏。迸出几丝糖液。

在盒子里，在果柄之间，是一片黑色。应该加入两三片月桂叶以隔开，沉默之中，黏稠的糖丝。

到了圣诞节，无花果的果皮结晶。有片糖的粉尘。时钟的指针小心捕获冬日的寒意。看起来，从屋顶上落下白霜，染白了房间、无花果和手指。

IVAN KORDIĆ
伊万·科尔蒂奇（1945—）

....

伊万·科尔蒂奇（Ivan Kordić，1945— ），诗人、出版家。
出版作品:《脸红》（1964）、《太阳战场上的咆哮》（1967）、
《天空下的房子》（1977）、《晚上的酒》（1980）、《一些
年之后》（1985）、《耶路撒冷的墙》（1990）、《萨拉热窝
的猫》（1995）、《地球的重量》（1996）、《景观以外的路》
（2008）、《有生命的机器》（2008）。

溺水者之上
致阿卜杜拉·S.

当我爸爸低声对我说

在莫斯塔尔 [1]

一个"个子很小的人"在找你

我知道他说的是谁

但

他不知道

我想起了他的

声音，眼睛，步伐

好像我现在正看着他

一个"个子很小的人"在找你

门还开着，

"年轻人"没有说话

这是什么

他被视为一个"个子很小的人"

（谁知道从那时起有多少次

在无数次的寻找中

我们一个接一个地经过；

或者简单地——遇见

别人；或发狂的，

---

1 莫斯塔尔是位于波斯尼亚和黑塞哥维那的一座城市，也可以指城市所在的行政区。在波黑的两个政治实体中，莫斯塔尔属波斯尼亚和黑塞哥维那联邦。

在黑暗中，一个一个地

他们非常孤单；或遥远的

又亲密的，想到

那里

不可见而绝望的。）

在未来，而今天在过去的

时间里，因神秘

而兴奋；

我们离得更近了，

寒意抓住我们

让我们在沉重的空气和恐惧中

冻结，僵硬如冰

我们"没有"受到洞穴的保护，

暴露在不仁慈的

"太阳"之下。

我们深深地怀念寒冷，

在多云的天空下

干燥的树叶轻轻地

随风摇摆在不明显

却明亮的虚无中。那个梦想

在我们之中闪烁地哀号。

124

几个世纪以来，也就是——多年来。

而你，很小的人，在诗歌中

溺水者

致伊万·K.

在多年以前，你曾说，
"没有，上帝啊，没有什么
值得来到人间。
我耗尽了我的眼泪。"
如今，对你的话，我没有什么
可补充的。

当然，我们听了
猫的呜咽：像个孩子！
关于不幸，关于幸福！
也许不再有人，再会
听到这些！
所有这些惊叹号都无法

表达我们的悲伤和喜悦

因为在我们生活的一切之中

首先是年老的海洋

然后才有——青春！

我们静默的阴谋在

字母的黑暗中开腔。哦，快乐，哦，痛苦！

挺好。足够多的

"文字游戏"和诗歌的"模仿"。

因为，我们曾一度想象过残酷的生活。

如何走出语言的熔渣又如何

给担忧覆上保护伞。

上帝啊，不要责备我们，我们知道要返回

诗歌世界，回到简单的押韵和韵律：妈的！

但是，我们现在囿于现实危机里

而这发生在语言和词语之中。

来自水，来自淤泥和

来自草地的就是整个世界。一切

又在我们面前循环。从动词开始

到词语——死亡：

抹去，也就是，纸上

转瞬即逝的东西，抓住现实，

触摸肌肤，

扯下帷幕，

碾碎土地，

闭上双眼。哎——我们只能到这儿了。

我们一步步熟悉

转瞬即逝的东西。

我们一天天都更觉得

快乐成了恐惧。

我发现，这样，当我走着、听着

走过没有人的野径。

我只想让他给他一些强有力的名字

不能扔掉的名字，再次，上帝，原谅我，

沉闷而沉重，可怕的押韵。

哎，终于，永别了！

真是疯了。

你安稳地睡着

而我一个字母一个字母地读着！

我，哎，醒了，

然后完全睡不着，

"盯着"清澈而深邃的天空。

我身边是"某物"的小针

被放在倾斜的机器上

这是对厨房玻璃的

记忆，在帷幔下，而我们的

母亲没有把木头放在马车中。

（而是炉子里。）

那时清醒的我们会是什么样呢？

我们没在学校上学

也不饿。

为什么我们，我现在想知道，

我们站在温热的床边，

却要通过窗户来编织生活，因寒冷

而颤抖？

哦，现实是一样的！

什么都没有。总而言之！

梅久戈里耶[1] 的圣女

不，那不是
梅久戈里耶的圣女！

就是这里
我们在这里醒来
在一家豪华酒店里，
在那个地方
岩石峡谷之中，
让我想起
平原的风景；

---

1 梅久戈里耶，波黑南部的一座小城。

哪里都没有那位圣女！

而我记得清清楚楚！
我的祖母斯托雅，当她温柔地
抚摸着我的头发时，在双子座
看见了这位圣女；
同时，祖母在用另一只手
整理头上的面纱。

然后，
我敢肯定，
修士卡米罗·米拉斯
骑马经过并停在
锡穆爷爷家
小小的花园旁的时候，
也看到了她。

他脸上出现了
仁慈和安乐的表情
他画十字
将天空与石块

相连。

我想，当我的姨妈卡塔

从古老的石井，

拉出装满水的铁桶时，

这位圣女的面容也出现

在水面的反光里。

这已经是姨妈卡塔第三次看见她了。

多年以后

姨妈以一种前所未有的方式

消失了。

姨妈卡塔带着自己的祈祷

直直地

飞向天空。

最后，我像个假期中的

小孩一样

独自一人跑过

令人心颤的景色

我上千次

望向双子座

这位圣女

穿着蓝色斗篷

飞行、盘旋、摇摆和停止

她选择好

现身的地方

石栅栏上面，房子上面

葡萄园和烟草园，

干榆木

云杉，

野蔷薇，无花果和梾木

（毕竟，她无时无刻不在，就在那儿！）。

我也相信，这位圣女，

还突然出现在

我的亲戚西玛面前，

但西玛只是谦虚地

沉默着，对这件事保持了沉默！

JAKŠA FIAMENGO
雅克沙·弗亚蒙戈（1946—2018）

雅克沙·弗亚蒙戈（Jakša Fiamengo，1946—2018），诗人、记者。

出版作品：《你是海》（1968）、《房屋周围的风》（1975）、《眼中的晚餐》（1976）、《被剥夺了黑暗》（1990）、《五十年的诗歌：光的十四行诗》（1996）、《来到面包里面》（1998）、《雅科夫的梯子》（2003）、《发光的身体》（2009）、《第三个钟》（2011）、《有错误的时光》（2012）、《催眠的油》（2012）、《吱吱叫》（2014）、《上帝的树荫》（2016）。

拂晓的承诺

那白日消失的残酷神秘

可以带走我

不要在玛丽安娜背后在黑暗背后

在早睡者的背后

上帝啊请原谅我说过暴躁的话

请原谅我越界的亲密关系

文思逐渐枯竭

白日就像歌剧的光芒

像葡萄藤的香气，像沙滩排球

像关于水晶的诗歌

善良的圣人注意到我

现在我又看着柏树

在沉默的墓地上

港口已经冰冷的剪影

污点中的天空

光的开始和结束

我们回头看：

那拂晓的承诺

十二月

秋天取代了我的重要词汇

现在终于是一切的终结了

这些天我一直穿着得体

我知道有某种东西逐渐靠近我

但它不甚清楚，也没有面孔

灰色继续在屋外蔓延

我度过了所有的岁月，仿佛徒劳一场

我通过自己的意志去感受寒意

慢慢地这个秋天离我远去

会有光的，还会有一些噼噼啪啪的声音

我们是否应得到我们所信仰的和平

放弃速度

白日从窗户里消失了

在叶子的轻微闪烁中风表现出意图

它慢慢地使我们对时间的感知变得暗淡

没有一个合适的数字

有些灯在我们之中发出光芒

大海在整日的晃动之中迷茫

草地为所有临时的放弃做好了准备

灯光自己慢慢地移开

所有的预示如细雨般都蒙蒙洒下

有人提醒我们处在达尔马提亚的咽喉处

从醒目的海报上，小明星的胸脯盯着我们

一座庸俗而明亮的房子把整个意境毁掉

密集的船只看起来像死龟的壳

停着的汽车终于放弃了速度

白日慢慢从窗户里消失了

于斯托布莱奇 [1]，2006 年 1 月 18 日黄昏

---

1 斯托布莱奇是克罗地亚达尔马提亚中部亚得里亚海的一个旅游胜地。

SLAVKO JENDRIČKO
斯拉夫科·耶德林契科（1947—）

斯拉夫科·耶德林契科（Slavko Jendričko，1947— ），
诗人。

出版作品：《不完整的维度》（1969）、《午夜公国》（1974）、
《鞑靼人/马蹄》（1980）、《先知、金钱、炸弹》（1986）、
《克罗地亚狮身人面像》（1992）、《那是你》（1995）、《给
雪伦的钱》（1995）、《冬季的大教堂》（1999）、《地下的
奥菲斯》（2001）、《当尘埃扬起》（2005）、《小沙漠的房
子里》（2007）、《库佩上空太平洋的雨》（2010）、《爱的
独裁者》（2010）、《斯雷姆的陷阱》（2011）、《这里。哪
里？》（2011）、《势利小人的编年史：诗选 2001—2011》
（2012）、《时刻表》（2016）、《奇妙的闭环》（2017）、《模
仿》（2018）、《成为》（2019）、《空鞋》（2019）。

卡斯帕的轮回

夜晚

在语言的出口处徘徊

我对着生物作业

心急如焚，

植物啊

你可以把我称作

灵魂，

来自变电站的

黄昏，

写下：

我出生在

卡斯帕

被杀的时候

我热血沸腾。

距离理论

我从来没有

做过自己

别人手里拿着

摄像机

我小时候

是整片黑暗

而我从没有挥霍过

除了我把黑暗用到了

自发的

词语的超验

与和谐。

看哪!

有多少人在

以同样的方式

做梦；

我拍了下来，以

分裂自己

今天是什么节日

而她和我在一起

我们呼叫撒哈拉

挂断电话

她告诉了我一切

一股来自温热的

数字的热带雨林中的灵魂电流

我失去了记忆

也许上帝沉沦着

并寻找新的灵感

像在句子的海洋中

寻找主题

娇气的颤动

娇气的声音，娇气的爪子

我用你的语言来数数

唱数字歌直到天明

从现实的黑暗中

按照来自前世的

记忆

我会把你榛子做的脸缝好

以保证一天的保质期

我们只是在无尽的进化链上

黎明的尘埃中

同发狂的交通灯一起

我直视着日出

问道：

今天是什么

节日吗——

爱的吸铁石？

中餐厅

当我把美味的北京烤鸭

全部吃完

我没法聚精会神地听

中国小姑娘的叽叽喳喳。

在那个小餐馆里

我们小口啜饮黄酒直到昏厥

眼睛看着北方的天色和毛泽东的画。

我不会说中文

因为这语言没有被

兹林耶瓦茨[1]的梧桐染黄。

来自东方的米饭给人灵感

像在中国用力挥动翅膀

有点厚脸皮的克罗地亚人

在星光下冒险。

1　兹林耶瓦茨，克罗地亚首都萨格勒布的广场和公园，修建于1891年。
广场中央有一座音乐亭，周围种满梧桐树。

ZVONKO MAKOVIĆ
兹翁科·马科维奇（1947—）

兹翁科·马科维奇（Zvonko Maković，1947— ），诗人、作家。

出版作品：《美丽会在静脉里流淌》（1968）、《烛台的空间》（1969）、《世界地图》（1971）、《彗星，彗星……》（1978）、《事 实》（1983）、《恐 惧》（1985）、《姓 名》（1987）、《逃生点》（1990）、《粉末》（1992）、《同时》（2005）。

身体的在场

我在窗户边停下。陌生的
景象慢慢向我袭来。我还在算：
在场——缺席，这里——那里。

我打开记忆，

像一本书，像脍炙人口的

韵律。我触摸你的

肩膀，光滑的曲线

其下铺展开

记忆。

仿佛你不知道自己的路，

仿佛你是一个被留在托儿所的

被遗忘的娃娃。

我侧耳细听

你的梦。在变暗的玻璃上，

就像在屏幕上一样，无限可能

即将到来。

逃进自己的心

仍留下最后一个出口。

因此你保证自己不会入睡。

但是，我会在指针之间

滑落

也许会在这里发现

自己理想中的风景：

满天星斗，砒霜一般。

无尽

某个地方很近，也许是在
孩子的话中，也许是在描述
虚伪决心的运动中，某处，
在任何情况下，
这里幸福配额不高。
蜘蛛网高悬在门上，
温热的声音在声带中戛然而止。
我感到难堪，尝试总结出一些
经验。感受。把它们
安进自己并不稳定的万花筒中。
就像大教堂里的光线一样。

在某处，既不近也不远，
我听到了梦想家的低语。
杯中是有些腐烂了的金盏花，
床头柜上放着药
克服好奇心。
用湿冷的嘴唇说：
我哭了。不，但它只是在路上。

它很容易被遗忘，

并且没有任何痕迹。

莫扎特仍然在死亡时成功地

与上帝讨价还价。

他认为他身后留下了

那么多没有被说出的真理。

而上帝知道，因此

宽恕了他。

蜘蛛网的末端

正悄然闪烁，那声音

不再被听见，那些点

是它们触及尽头的点。

死神的协商接近

上帝的耳朵。两个万花筒中的玻璃

创造了无尽。

缺席

在自己的梦中

就像在别人的巢中：

我被放逐并不再渴望。

简单地说，就像死者脸上的

面具，像是流星的痕迹。

用语言来说，

每份空虚都有它的位置。它

完美的表达就像

蜡印。

悲伤的象征，

诗人的呼吸，开始的问好，

完全未经证实的

价值——那里，我坚持在那里。

我的童年似乎

被封印在一些不可触及的

玻璃瓶里。当裂痕

提出问题：

完全不确定，完全不必要。

而后，当我

在手指下发现自己的不宽容以及耳边

安静、枯燥的嗡嗡声，
争论已经太迟了。

诗人的生活不仅是暗淡的
星星，也是静止画面里的
迷途黄蜂。
在自己的梦里
任何突然发现的和谐
都会被绝望蹂躏。

TAHIR MUJIČIĆ
塔希尔·穆伊契奇（1947—）

....

塔希尔·穆伊契奇（Tahir Mujičić，1947— ），文学和戏剧工作者。

出版作品：《酒中的公鸡》（1994）、《爱尔兰的伊朗人和伊朗的爱尔兰人：纯克罗地亚诗歌集》（2000）、《茨维塔的钟楼：破旧小屋的十四行诗》（2004）、《转交或者以塔希尔利斯坦》（2004）、《土耳其墓》（2008）、《弗拉什卡》（2009）。

奥斯曼帝国（一）

墙的右边是奥斯曼

它头上是一团烟草云雾

云雾下面是我的母亲兹尔姬法

墙的左边是奥斯曼

它头上是一团烟草云雾

云雾下面是我的祖母艾依莎

中间的墙边还是奥斯曼

头上是两团烟草云雾

云雾下是我的曾祖母娜娜

和

一个火盆

在正中间

总之

奥斯曼头上有三朵云雾

和一个天使

坐在

上边

坐着看着听着

云下的三个奥斯曼

融合在一起

坐在它们的头上

抽着烟喝着咖啡

想着哭着想着哭着

我的三个祖母

一整个奥斯曼帝国

奥斯曼帝国（二）

母亲兹尔姬法拿着咖啡杯

透过黑咖啡的袅袅烟雾

朝着天花板喷出烟圈

祖母艾依莎也是

曾祖母娜娜呼唤我，偷偷给我塞了

一小把钱

沿着楼梯摆着三捆草

三瓶酒和三条鱼

我站在那里看着我的奥斯曼祖母们

看着烟雾逐渐消散

我说，我们的房间是赭色的

曾祖母问，谁告诉你

我说，是我们的老师和同学们

是被烟草的尼古丁熏了这样的颜色

曾祖母说，赭色是

我头巾的颜色

我们用这种颜色来盖住我们的痛苦、泪水和皱纹

    母亲兹尔姬法点起了伊巴尔河 [1]

    祖母艾依莎点起了德拉瓦河 [2]

    曾祖母娜娜点起了德里纳河 [3]

    三缕青烟云汇聚起来，就像三条烟河，但我什么

    都

    看不见

奥斯曼帝国是三条长椅

兹尔姬法，也就是我称之为母亲的人，把玩着咖啡杯，

吐着烟圈

把玩着咖啡杯，观察杯子

1　伊巴尔河是欧洲东南部的河流，属于黑海流域的一部分，河道全长 276 公里，流域面积 8059 平方公里，流经黑山共和国、塞尔维亚和科索沃，最终注入西摩拉瓦河。
2　德拉瓦河是位于中欧北部的一条河流。它发源于意大利南蒂罗尔自治省，向东流经奥地利东蒂罗尔和克恩滕州、斯洛文尼亚，然后转向东南，沿克罗地亚和匈牙利边境继续流淌，最后在奥西耶克注入多瑙河，全长 725 公里。
3　德里纳河位于巴尔干半岛，流经波斯尼亚和黑塞哥维那和塞尔维亚，是萨瓦河的支流，全长 346 公里。

她看到了一位寡妇，这位寡妇三十岁，有两个早夭的孩
子，三个还活着，第六个孩子叫作塔希尔，在一所酒店
里被抓了，

然后被带到了雅佐夫卡[1]。

1945 年 5 月 8 日这一天，她看见自己的孙子阿夫兰

从德国军营逃出，只有十七岁，只有三十七公斤

可恶的咖啡杯里

没有尽头，没有终结，只有眼泪

艾依莎，也就是我称之为祖母的人，把玩着咖啡杯，吐
着烟圈

又一次把玩咖啡杯，聆听着

她听见一个女人说自己十年前被丈夫抛弃了

她丈夫叫作萨利赫，他说他必须离开

1945 年 5 月 10 日这一天，他抛弃了妻子和三个女儿

可恶的咖啡杯里

没有尽头，没有终结，只有苦痛

娜娜，也就是我称之为曾祖母的人，没有玩咖啡杯，不
看，也

不听，她和自己的儿子，还有生活在法国的另一个儿

---

1 雅佐夫卡是第二次世界大战期间和之后在今天的克罗地亚进行的与党派
活动有关的大规模处决和埋葬场所。

子，都生活在不幸之中

孙子的瞳孔也沉浸在病痛之中

曾祖母眯着眼睛看着，不需要咖啡杯

咖啡杯对她有什么用

给她指明方向

告诉她生活的无意义

告诉她终其一生只有苦痛

因为她的一切都在路上

而什么都没有

因为她知道终其一生只有苦痛

而在烟雾之中，在奥斯曼之上只有

那些不复存在的人

那片不复存在的土地

VESNA BIGA
维斯纳·比加（1948— ）

维斯纳·比加（Vesna Biga，1948— ），诗人、作家。

出版作品：《谨慎的童话》（1981）、《二手》（1983）、《死
亡的主人》（1987）、《诗歌的方式》（1996）、《渴望奇迹
的人》（1998）、《乘公共汽车的人》（2001）、《四种恐
惧》（2001）、《等待夜枭》（2002）、《监视自己的目光》
（2003）、《在另一种族的遮盖下》（2005）、《维多克皮
肤》（2006）、《弦上的阴影》（2009）、《在路上的女人》
（2013）、《白色恐惧》（2013）。

跟踪的自己的样子

在正确的时间，最好是在夜晚或拂晓时分，这是至
关重要的，

早早地，当一切仍然充满距离时，

隔着柔软而朦胧，

专注于门上的那个小洞，

往里吹气或填充东西，做出一个圆圆的东西，

鼓鼓的像水牛眼睛，上面放着

刚刚出现的一堆人脸，就像面包做的月亮一样

又像一柄冰冷的镰刀，夜晚的刀刃，而那里

还有其他一些场景，通常是些不起眼的细小事物，

牢牢附着在按压铃铛的脸上，凝视着

从另一面，等待存在的阴影，

准备跳进另一个瞳孔的暗室里，

或许，他早已观察，受到玻璃、金属、

树木的保护，而没有预感到子弹的到来，将轻易地刺穿

反射、呼吸、想法的空白，而

平凡的针可能在刹那间抖落可感知的静默，

如果刺入踌躇，那被

在门上敲出名字的踌躇，就像箱子的木质顶盖，

打不开，

在错误的时刻提起钢铁盔甲，以及珍珠母贝，

直到没有人

监视这个地方，监听步子的轻重。

黑色锻铁玫瑰的颤栗，

在坟墓上盛开。

观察着墙壁的曲线，在小小的、菱形的

一个不会伤害他的擦鞋棕垫，

耐心地等待一切重新开始。

被忽视的场景，准备沉默而无痛地亲吻

他眼里死去的天性，不辜负被判决的

第一次抽搐，

最细微的恐慌火花和

赤裸花瓣的等待。

某种第三类人

内心的宁静在于一团

相连的脉搏和神经，

在小脑的神经团前，没有

吸气和呼气之间的痛苦，

被遗忘的肋骨背后是最快乐的地方，

那里休憩着各种器官。

在内心的放逐之中，溺亡在身体的浅滩上，

就像安静流水下光滑的石头一样，甚至

还有这里和那里，柔和的风景

包裹住颅骨盖，拂晓之中。

夜晚骑士出现，盔甲之下

写满了白日的观察，偶尔

邮递员的马突然

嚎叫，旋转在脑波的顶端，

散落在虚幻的觉醒周围，

对着第三种人，复活的

苍白的，尖叫着的脸。

眼睛凝视着月光公园里

的旋转木马，看着它们复活，

用腿挣开绳索，踩踏地上的幼芽。

悲伤陡然涌现，陷入毛孔和汗腺，

我屏住呼吸回头，

只要瑞士式的小屋门前冒出

惊恐的公鸡，意味着破晓了，需要

结束疲惫的休息，而血管仍在

炽热的奔驰中呼吸。刹那间，不安地张望

外部的某种不安，即使事情会

保持静止状态，静默等待。

等着在白日被投入使用，病态地从属于

电车司机的每一个手指，拂晓时分

在自己和床头柜之间拉了一条直直的线，或者说是被

卖沙拉的小妹用来挑选滑腻的草叶。

草叶自己永远不会挑选，

它们宁愿和第三类人心里冰冻的蜗牛

一起腐烂，它们宁愿和马的臀部连在一起，

像台球一样互相撞击。

信赖着外部的不安，拂晓的声响使它们慌张。

它们埋伏着，而白日的出击，

奏起高昂的歌曲，征服了一切混乱。

JOZEFINA DAUTBEGOVIĆ
约瑟芬娜·达乌特贝戈维奇 （1948—2008）

约瑟芬娜·达乌特贝戈维奇（Jozefina Dautbegović，1948—2008），诗人、作家。

出版作品：《忧郁的女人》（1979）、《升天》（1985）、《从罗马到卡普阿》（1990）、《与庞蒂乌斯共进午餐》（1994）、《地板马赛克的风景》（1997）、《上帝的电视》（2001）、《花园稻草人的时间》（2005）。

两顿午餐

（一）

当我们第一次一起午餐，庞兹和我。

他是一名肥胖的罗马检察官，

稍微有点魅力。

而我很瘦，

光线甚至可以毫无阻滞地从我身体里穿过。

他吃得很文雅，

试着从油乎乎的嘴边

给我留下一点食物。

他用同样一只手签署了判决书。

之后他在庭审上

公布了这一判决。

对这无罪宣判，我几乎毫不怀疑。

我记得钉子是如何狠狠地

穿过我干涩的骨头，

没有停留。

后来，我从旁听庭审的人那里听说他在山上，

在稀薄的草丛背后，

呕吐了。

（二）

时间改变了事物的秩序，

与庞兹的第二次午餐我出于礼貌，

小心翼翼地

隐藏着激动的伤口痕迹。

沉默是死一般的完美，

洗碗机在呻吟，

可以听见被咀嚼过的食物

沿着干涸的咽喉被吞下的声音。

除了我或是他的弯起的衣袖发出沙沙声之外，

吞咽是仅剩的声音。

他成功地咽下几口，

便匆忙离开，

留下一张满是残渣的桌子，见证这个饭局。

我尝试了所有饶恕

的可能性。

那么是谁的问号，极大成功地

在每个盘子的边缘，

模仿着这个世界？

写于萨格勒布 [1]，1994 年 2 月 3 日

1　萨格勒布，克罗地亚首都。

一个听起来应该舒心的场景

实际上，在我身上没有发生任何事，

我成功地离开了城市，

在他们抓住我的黄色真丝衬衫之前，

在他们用刺刀剪短我太长的长裙之前。

那条你不喜欢的裙子，因为它遮住膝盖。

我说在我身上什么都没有发生。

但

我光着脚踩在营地

湿漉漉的混凝土上，

没有人会再找到我。

我远离每天的日常，

有纯粹的自由。

但

在我的每一个梦中我都一次又一次被俘虏，

我试图哭泣着逃避，以保护自己。

剧烈的疼痛

使我不能动弹。

当没有人在看的时候，我挣扎着寻找肿块，

当我在电车里

扶着栏杆的时候，我数着手指上的指甲。

通常我说会写爱情诗，

我也规律地开胃吃东西。

但实际上

在营地的一个深深的角落里，

我赤脚站在湿漉漉的混凝土上哭泣。

当电视预告气温下降，

北方刮风和山区下雪，

我在暖气旁颤抖，

因为我赤脚站着，在干冷洞穴之上，

还等着别人的来电。

当我给你打电话，和你约定喝咖啡的时间，

其实我正在纸上画着非常精确的网格线，

没有人能再把我解放出来了，

而你跟我说睡吧睡吧，好像什么也没发生。

写于萨格勒布，1995 年 11 月 17 日

合理的对话

当我们最终决定开腔，

坦白自己。

我们精心挑选

漂亮词语。

把所有重要的意义，

都放到了第一排。

我们为平静合理的词语，

预留了中间的位置。

我们把平庸的词语放在后面，

在石柱后列着。

而那最谨慎的词语，

诉说事物本质的词语

被我们留在了

门前。

写于萨格勒布，1994 年 7 月 18 日

SONJA MANOJLOVIĆ
索尼娅·马诺伊洛维奇（1948—）

索尼娅·马诺伊洛维奇（Sonja Manojlović，1948— ），诗人、作家。

出版作品：《身体如此经过》（1965）、《吻着久远的陌生人》（1968）、《萨拉班达》（1969）、《给玛利亚一杯特浓咖啡》（1977）、《老太太》（1987）、《她的礼物橱窗》（1999）、《巫师的舞蹈》（2001）、《女人》（2005）、《用手走路》（2010）、《我带着六只拉布拉多犬去海边》（2012）、《对大家都好》（2016）、《看答案》（2018）。

对我意味着什么

我漂浮在琥珀中，
阳光和野兽般的狂喜，被隔绝在外。

在薄薄的地心引力中，

我梦见可食用的颜色，你心脏的紫红。

机器人的闪光，男人和女人的食物选择。

我走进那所房子，

小桌子被摊开，王子和公主逃跑了。

刹那间，如果他们还不知道自己是谁，

我便知道对我意味着什么。

在黑暗的小房间

但是，这不是母亲告诉你的。

"宝丽来[1] 星星"

麻木是关于死亡的想法。

一瞬间感官

照亮他们的沉默。

难道她没有告诉你，要相信

黑暗的小房间里

床上的浅浅的图案纹路。

1　宝丽来，一种一次成像即拍即得的相机，又译拍立得相机。

好吧，我想起来了，

但是，我不知道你是谁。

你会入睡，你会把答案一笔带过。

但是，我不是人，我没有注意到自己是否活着。

我不在乎自己，

我不接近任何有活力的东西。

我出租、出售、消耗一切，

我是在茫茫黑暗中的突变体。

但是，你是谁，你安置好东西，

只是为了炽热的金色的青春。

我记起了一切

如果这就是我记得的，

和房子分散在听不见的地方，

孩子们的对话，拥挤的，纠缠的。

在花园里，草莓之间，

生活的痕迹，

告别，最简单的。

那双窄窄的眼睛！

无法忘记！

我在妈妈的怀里读到，

我所爱的一切都会被杀死，

世界的干涩，词语穿过水面，

城市就是这样，一个接一个

成为了摧毁的对象，

人无家可归。

最容易的是画自己

最容易的是画自己

在路上，在路上

像一个点，一个变浓稠的圆

没有雨，没有太阳，没有空气

一切都是空的

反光

房子在身后

但是你不会用语言来抚慰灵魂

我敲门

所有人都从房子里走了出来

围成一个圆圈，畏惧地，

发着光

这是最容易画的

我们需要微笑

光照在祷告的磨房的轮子上

捣碎的谷物和

让谷物变得白热

很明显

明天所有人都会爱我

而今天不行

MILORAD STOJEVIĆ
米洛拉德·斯托耶维奇（1948—）

米洛拉德·斯托耶维奇（Milorad Stojević，1948—），诗
人、作家、评论家。

出版作品：《盾牌背后》（1971）、《脸》（1974）、《立陶
宛的情色镰刀》（1974）、《空中花园》（1979）、《中国花
瓶》（1980）、《爱韵》（1984）、《佛罗伦萨之吻》（1990）、
《字母的花园》（1996）、《书中来者》（1997）、《我家的
柑橘》（2000）、《枪伤及其他诗歌》（2001）、《魔术课程》
（2001）、《克伦达》（2003）、《玫瑰花蕾》（2006）、《机
缘巧合》（2013）。

细节的推翻

如果我可以没有你的粗俗，

俄耳甫斯[1]之谜，卵石会合，

在铜鼓之间入睡，

小号，鞋匠，怪物和残次。

手指放在杯子里：掷下骰子——

猪和英雄，麻木地喝着，

以为人也为之。

哎，我们既不是马，也不是邪恶的奴隶。

（1756 年展览上的）塞内加尔里耶卡[2]女人

塞内加尔有一些里耶卡女人。

她们被天空的颜色染蓝，

1　俄耳甫斯是希腊神话中的一位音乐家。传说他是色雷斯人，故乡是奥德里西亚王国的比萨尔提亚，参加过阿耳戈英雄远征，亦以与其妻欧律狄刻的悲情故事而为人所铭记。

2　里耶卡，克罗地亚第三大城市和主要的海港城市。

回头的箭，射向了她们和格拉

——船桨被磨成阴影，黑色的特瓦。

其中一些人回来了，一半带着瘟疫——

一半带着用棉丝做成的文身——

融化的旧印章，

乳品生殖器，智慧，以及其中的痛苦。

塞内加尔有一些里耶卡女人。

其中一些人回来了，一半带着诅咒。

在隔离病院她们被卖给了恶魔巴尔，

被喂给了蛇，被恐吓，悲伤和嘲笑。

他们用火烧死她们，透过镜子倾听，

就像透过眼睛一样，看着孩子挣扎。

阿涅丝·索蕾[1]之乳

致让·富盖[2]的画

这些是给阿涅丝·索蕾之乳的诗歌，

同样适合我——适合儿童，

同样适合天空也适合妓院。

她的乳房保持沉默。

她根本没有藏起来，

是天堂语义学的一部分；

她躲在锥形的身体上——

是撒旦浪漫学的精髓。

什么是外面？什么看不见？

"美丽贵妇"没有向世界隐藏自己的双乳，

富盖也没有看漏——

裸露的，隐藏的，早已过去！

1　阿涅丝·索蕾，号称法国史上最美的女人，查理七世的情妇。传言查理七世对她一见钟情，相见第一晚便辗转难眠。后世更认为是她给予查理七世无比的勇气与自信，得以从英国人手上将诺曼底省夺回。查理七世封其为"美丽贵妇"，并命画家画下一幅名为"圣母与小孩"，又名"梅拉的处女"的画。
2　让·富盖是法国画家和微型画家。他是木版画和手稿照明的大师，也是肖像画的发明者，被认为是哥特式晚期到文艺复兴早期之间最重要的画家之一。

零点十分，分离到来——

上帝停止了工作。

阜姆¹ 夜曲

当我们，上帝啊，可以在一个罐头里，

在沉默黑暗的折磨和纯净的油里——

就像罐头里的鱼，看到弥涅尔瓦²，

也像看到在我们之上匍匐的拉环。

当我们合上它

在葡萄酒中游泳并驶向孟买的

（也就是：将葡萄酒变成水！）

沙丁鱼之间。也许游向了中国？

是的，是的。罐头的拉环没法打开，

所以光明窥视了我们所有的想法。

1　阜姆（意大利语），即"里耶卡"。
2　弥涅尔瓦，为罗马神话智慧女神、战神和艺术家与手工艺人的保护神，
对应于希腊神话的雅典娜。

像是生命或者——幽灵。

我告诉上帝我们不是样板，

不是章鱼，也不是随意的一个名字——

墨水染料不是我们的标识。

天哪！盒子上的拉环已被拉开，

黑暗已在细细地流动而油也一滴一滴地滴落：

鱼，渔网——都消失了，

而它们仍然存在——暗涌。

威尼斯陷落（之七）

（藏头诗指南）

上帝啊，你也一起做这个监狱，

鬼魅的黑蝙蝠，

如果你是一个潮湿的造物者？

狡猾的魔鬼或是可爱的撒旦：

雅利安的荣光和昏暗的司棋亚娃[1]葡萄，

小火苗和"克罗地亚的狼"[2]。

但这不是一个庇护现象！

很糟糕——这是一个标记。

你那极漫长的梦，"叹息桥"，

在嘴里晃动着黄金制的泥刀。

火焚烧着你：

狡猾的你，伊斯特拉[3]。

如果你还听过汀[4]的"希达斯皮斯河"[5]，

连威尼斯都会颤抖。

但，那又如何？

---

1 司棋亚娃，德国/意大利的一种红色酿酒葡萄品种，同托林格。
2 克罗地亚的狼，每一次风都会成为它的猎物。——加布里埃尔·邓南遮。
加布里埃尔·邓南遮，意大利诗人、记者、小说家、戏剧家和冒险者。
3 伊斯特拉半岛是位于克罗地亚和斯洛文尼亚境内的一个三角形半岛，位于亚得里亚海东北部，西濒威尼斯湾，东临克瓦内尔湾。
4 奥古斯汀·约西普·汀·乌耶维奇，被认为是克罗地亚最伟大的诗人之一。
5 希达斯皮斯河战役，为亚历山大大帝在公元前326年于希达斯皮斯河附近对抗印度波罗斯的一场战役。希达斯皮斯河战役是亚历山大大帝最后一场，也是代价相当高昂的一场大型会战。波罗斯和他的大军在这场战役中英勇抵抗入侵的马其顿军，尽管最后失败，但赢得亚历山大的赞赏和尊敬。

BRANKO MALEŠ
布兰科·马雷什（1949— ）

布兰科·马雷什（Branko Maleš，1949— ），诗人、作家、批评家、编辑。

出版作品：《文本》（1978）、《谎言的实践》（1989）、《百忧解》（1992）、《"比巴波萨韦茨"》（1996）、《骗子》（1998）、《精彩的一事无成》（ 2002）、《眩晕》（2010）、《泥泞》（2017）。

*   *   *

我是白色的王！

没人能对我做任何事！

尤利娅·佩特里切维奇——萨罗帕

在门前，

在我身上留下了抓痕。

我取走她的笑容，

揉皱并佐着两个

没有野心的词语吃了：

萨格勒布，萨格勒布。

我的五个王后熟练地

笑着！

我从嘴里吸入

活生生的药！

我把小核桃送去

贫瘠的沙漠！

我坐在由煮熟的梨做成的

宝座上！

松鼠和猫给我递来了

鸡蛋，

坏了的鸡蛋！

我精确地从鸡蛋身上

抽出了"星期四"！

你就做达米尔吧！我说！

他这就来了，还有布兰科，博罗，德拉戈

一起玩耍吧！

你们游戏中的四个男人！

每一个人都得到了温柔的淫春！

*　　*　　*

我收到了一封雪白的信！

因此，雪落在了你的心里！

什么是心？

你从醋中

孵出了一系列的吻。

吻在我的唇上！

气味是我最危险的录音机，

转眼我回到了六岁，和昨天一样年轻！

雪平行地落下，

落在浑浊的河里，

写在那个垂直的萨格勒布式的

报告中。

你手里拿满了

小熊，三颗心和四个自由！

你手中拿着满堂红 [1]，还有一张 ACE！

让这雪白的信落下吧！

我看到了它，所以我很快就知道了

它

不会，

死，你会活着，你会赤身裸体！

永远是不可能的！

谁会记得你？嘴唇消失了，

门正在关闭。

但是，闭上眼睛，

好样的！我们亲吻！

我们是两个新娘，两块银币，

是红酒中的

两个波斯王子！

什么是心脏？——雪！

这封蓝色的信呢又是什么？

是你送给我的溪流吗？以及关于

我故乡的叙述？

我会淹死的！

---

1 满堂红，扑克牌游戏中三张同一点数的牌，加一对其他点数的牌。

像七牛顿的力一样，我会在你的

发间复活。

在你的狮子，熔岩，巴洛克建筑和沼泽里面复活！

看吧，还有葡萄园，

梅花牌在亚得里亚海的岛屿上

绽放！

*　　*　　*

我看到了超物理现象！我看到

当海鳟鱼看起来像生气的女教授，

潜水艇在发笑。

我见过三条平行线！互不相交、

笑着、取乐！

你们将学会狼吞虎咽，学会交欢！

你们会得到一个分数！

你们将成为总统！

我吃了 14 公斤的梨、7 根香肠，

两坨粉色的肉泥、半公斤的豆子！

一切都一样！

四个酸奶、半只小牛和两个农民！

外面是春天、夏天，然后秋天和冬天！

就这样

反复了五次！

*　　*　　*

我总是从第九句话

开始！

就像我穿着

别人的精致套装。

我的意思是，这不是

我的，

但我也喜欢它，就像喜欢

浴池一样！

我在浴池里把水弄得哗哗作响

还有三个女孩

直勾勾地

盯着我看。

我不知道如何在浴池

的水上冲浪，

但这件事我只能

看懂一半，

但也很好了！

我讨厌历史，

因为里边有很多模糊的

战斗，

而且我不喜欢打架，

因为，我总是最强的。

那就非常好了！

我哥哥将把你们所有人

打残，

只要我跟他

讲一句。

在整个世界上，

只有他懂！

我曾经是总统

是上帝，是警察

但都不是我！

至少现在不适合！

低垂的天空和电话！

然而天空

非常地近！

在

狭窄之间

不能

没有碰撞地

勃起

也就

意味着

某种需求！

上上下下——

而你我中间！

一切都是

一个

橡木支起的

帐篷

图腾！

而图腾

消退，但我

坚持

像上面那样的天空

不要堕落

下来

在我们身上，我们打猎

聚集

女人

约会！

她们开心地

叫喊！

又有一些东西死去

在圆圈中！

而我是第一次

这么近地

观察！

像别人一样

我坐在

高处

看那些

还没有

出生的星星

但是

它们刚从

牲畜栏逃离！

像是

在矿物深处

我养了一只田鼠

田鼠看到我

更肥更大的器具

而我经常唱歌

但它仍觉得

可怕！

我们谈话！

我们互相倾听！

天空如此接近！

当我出现在三个地方的时候！

我需要一些东西

马上

所有

有某种东西在我身上

流淌

河流时间语言

都

太长

太慢

太远

对我来说只有一次！

快！就现在！

总体上没有人知道

我做了什么

在埃及在中国在印度

而我出现在三个地方

突然间

我教会了自己

所有的

我听到的看到的

吃了的

在空空的

胃里！

肉不行

188

但是每个人都知道

因为有它

你不可能去任何地方！

没有地方是好地方！

我什么东西什么地方都不爱

什么人都不爱

因为对他们很公平

一个美好的开端！

主要是

我打开了频道

在脑海里

结合气味

每个工作场所的人

和母牛的作用

在任何地方！

牛太大了

影响我脑袋的工作！

但奶牛？！

那可就非常好了！

在埃及

而我没有等她的

牛奶

几个世纪以来一直

神秘而健康地运作着！

在印度它是

交通之神

漫步在街道上

经常在路中间

睡觉！

在中国

食物贫乏

奶牛以四条腿

耕作

如果有足够的奶水！

在西伯利亚

当满眼全是绿色的时候

当我蓄满

胡须的时候

没有文字的民族

和圣洁的橡树

奶牛

就是四十种不同的曙光！

是有很多名字的

婆娘！

GORDANA BENIĆ
戈尔丹娜·贝妮奇（1950—）

戈尔丹娜·贝妮奇（Gordana Benić，1950— ），诗人。
出版作品：《房间》（1982）、《影子铁匠》（1987）、《莫列波纹》（1992）、《深度》（1994）、《魔术灯》（1998）、《关于无法言说事物的民谣》（2003）、《没有物体的世界》（2007）、《巴纳里斯·格洛莉娅》（2009）、《灵魂的轮廓》（2011）、《光影的宫殿》（2014）、《天空的赤道》（2015）、《白噪声》（2019）。

宇宙事件

"一个没有外部世界的地方，没有实际物体的地方，形而上学是唯一的光。"

极光的面纱抄送邮件的循环账单，那是咖啡、糖、茶还有非洲喀麦隆黑人的崇拜对象，盯着月亮看月光的荷兰的加尔文主义[1]者。黄土和铁渣遮盖住了金发商人木乃伊和黑曜石，月光女神的丝巾上画着幽灵般风景。神明在暴风的回声中步步紧趋，裸露在柴油里。

极地的暴雨过后，野兽们展露出了奇妙的欣喜；重重地吸入磁波带来的、干热的风。双腿受困的、金色的皮肤阿莱克谢·布蒂姆斯基在天空中央盘旋，出现了一种二进制的感觉。周身被冰冻的藻类环绕，却幻想着华丽的地方，红色月亮过去的记忆被蒸发出来。中了魔法的根茎散发出奇异的味道，如同以利沙和约伯的苦痛爱意。迷恋上荒凉悬崖和神秘光学都属于自然现象，就如植物和饥饿一样。

莱昂纳德·巴托利提起过令人触动的记忆：从被杀死的生物上拔下紫红色刀刃。从这一种子里长出的长长藤蔓，将越过天空；被命名为贾斯汀·奥尔提，比星星更闪耀，比鹤鸣更响亮。光亮之后，宝丽来的闪光灯，夜

1　加尔文主义，亦称为归正主义，是16世纪法国与瑞士基督新教宗教改革家约翰·加尔文毕生之主张。

空中疏落的星宿穿过港口和博斯普鲁斯海峡。无法确认太阳或是月亮的运行，圣人和先知在此闲庭信步。稻草人也许支持着羚羊赛跑的黑暗，以及渐渐如灰棉一样变浓的空气。

柏林墙倒下后，死亡以秒计算，迪斯科球和埃及女神伊西斯的狂热魔法却保留着对第一批计算机的记忆。老科妮莉亚准备见证：从阿拉莫实验室牵引出来的、长几公里的光学纤维，以光速追溯久远的感受。缠绕在浓密湿润的叶芝的诗句中，在多风的高速公路的偏远之处，幻影浮动，如同希腊的橄榄树林。

朱迪思·桑托在想，即使在死后沉睡也是如此甜蜜。她穿过被血液浸透的风景，像红外线一样。一小块天空穿过那层轻薄的极光后落下，触摸潮湿的泥土和为叶子唱赞美诗的蜗牛。秘鲁的贝塔卡托带着微笑走向世界尽头，谈论古老的机械和银色的乳胶，在最后的幻影中消解了关于复制者的记忆。

阿根廷南部海角的灯塔旁，一切都运动得如此快速；布宜诺斯艾利斯枯萎了的浪漫主义，海洋上冰冻的风和野罂粟田上幽灵般的钟声。土地如黑色毯子般生长，钻石商人擦拭望远镜眺望远处。蒙蒂塞利的男孩们一直为极光而祈祷。他们从别处来到这里，只为看这一场奇观；在大城市里，透过窗户，他们只能看到点点星光。

寒武纪进化

"随着候鸟，在银河上；我们像孩童一样举起双手，梦高悬在无尽的谵妄中。"

兰多什·巴托利喜欢南方的忧郁；居住在温暖河畔的夏季营区，电力中转站在那里发出闪烁的光，而空气，如同迦利手中的蛇，从巨大的漩涡中爬起。戛塔娜·米图斯醉心于地质想象和寓言故事，以及宇宙深处而来的流星。穿过白色的、如玻璃纸般的夜晚，在第六密度星群中，她能看到天空如何以加拉帕戈斯群岛的鱼类和岩石，喂养自己。

奇怪的是关于被特提斯海的沙子覆盖的幼鸟和蛋壳的想法。费利西亚·拉尔发现霸王龙残骸中的活细胞，声称附近动物园中的动物纤维与宇宙光子毫无相似之处。她似乎理解了关于分子光谱的幻想，重复着缓慢而稳定进展的谬误，并认为尼尔斯·玻尔原子才是进化论的顶峰。

安多拉和凯泽尔声称宇宙序列形成了上帝粒子——可以吞没地球的黑洞。伴着告别舞蹈和玛莲娜·迪特里茜的流行歌长久地哭泣；他们的灵魂在金属笼子里变得厚重，发出松散而脆弱的声音。星星是星体周围的微型碎片，毫无疑问，土地牵引着电流，而恒星花园隐瞒着宇宙的无尽黑暗。

莱奥波德和乔娜幻想着宇宙中中微子的联结，有时会打冷颤，这是纯粹的幻觉：自由的新生代能量，白色的芭蕾艺术无法抵押白磷弹和第一枚炸弹的罪恶。他们被大量关于亚马孙鹦鹉如何一言不发地讨论着本世纪的异教摄影和新技术手段电视节目所淹没。在他们的生活中，除了对哥伦布的美洲大陆那无尽的渴望外，从没有过任何胜利。

值得注意的是，勇敢的作家们没有服兵役，而是用上新世爬行动物的语言抨击社会的不公。孔雀、白蚁、水母驱散了黑色艾蒿，以及第一法老王朝时期遗留干枯蝎子的灰烬。在传教士的热情中，尼克拉和科斯莫致力于研究古埃及象形文字手稿以及瞪羚皮上保留的地形记录。在梅萨维德的魔法仪式中，激光捕捉着天空边缘的第一缕光线，沙漠如同尼罗河岸边妇女浴场的蓝色丝绸。

充满想象力的作家认为尼克拉迪斯的星盘，只是一种隐喻。暗示道怪人和古怪的小说家在气候温和的，橙色的灰吹过的地方，在那里，神秘的佐料和悲伤化成酸涩的味道。在异国情调的鼓励下，宇航员赶走了星星的子嗣；在稀树草原的荒野中，工厂和硫黄池被摧毁。烟雾和熔岩流过云层，像暗风一样向廷巴克图移动，这里长期被红沙覆盖。

DRAGO ŠTAMBUK
德拉戈·史塔姆布克（1950—）

德拉戈·史塔姆布克（Drago Štambuk，1950— ），诗人。出版作品：《梅纳明》（1974）、《安多尼和曼加尔》（1977）、《阿肯那顿的雪》（1981）、《石灰尸体》（1987）、《疼痛的工具》（1997）、《大海的圣诞》（1997）、《刻在群山》（1999）、《黑色的方尖碑》（2001）、《米璐拉》（2005）、《玻璃森林》（2005）、《弯曲的大米》（2009）、《腔棘鱼》（2012）、《未造完的世界》（2014）。

尼罗河三角洲，坦塔的火车站
致双重创始人

坦塔维，

艾资哈尔 [1] 的大教长，

在夏天，从这里转述了

关于将军高哈尔·斯基里的

故事，

他是艾资哈尔的创始人

他出生在察夫塔特 [2]。

撒拉森人 [3]

把他从克罗地亚海岸

赶到了西西里岛

（他因此而得名斯基里－西西里人），

这个男孩浸浴在伊斯兰教信仰中。

我们在坦塔

停留不久，大教长的

家乡，

---

[1] 指艾资哈尔大学，是一所位于埃及开罗市区的伊斯兰教学府，也是世界上最早的大学之一。

[2] 察夫塔特是克罗地亚杜布罗夫尼克－内雷特瓦县的一个小镇。它位于杜布罗夫尼克以南 15 公里的亚得里亚海海岸，是科纳维尔市的中心。

[3] 撒拉森人，或译萨拉森人，系源自阿拉伯文的"东方人"，在西方的历史文献中，撒拉森最常用来笼统地泛称伊斯兰的阿拉伯帝国。

198

有新的旅行者来了。

我将从坦塔带什么走呢，

石头、

黄油的颜色和两个

邻居的清真寺高塔。

一个小时后

我们将到达开罗。

那里，记载着非洲人莱奥的功绩，

他也被叫作

西西里人，实际上

他是来自杜布罗夫尼克小镇的克罗地亚人。

我从坦塔还带走了一首

克罗地亚语－毛里语诗歌。

写于亚历山大港到开罗路上，1999 年 12 月 20 日

黑色浪潮

我想成为你的爱人，

我想成为你全部的努力。

我会成为你的脸，

我会成为你的冰霜。

我想成为你的火焰，

我想成为你的山岩。

我会成为你的全部咒语，

我会成为尖锐的边界。

我想成为你的歌，

我想成为你所有的痛苦。

我会成为你的大海，

我会成为你的上帝。

我想成为你的影子，

我想成为你落潮后的沙堤。

我会成为你的瞳孔，

我会成为银色的裁判。

我会成为你的名字，

你的心和你的梦想。

我会成为一艘蓝色的小船，

随着海浪轻轻摇晃。

我也将成为你的岛屿，

你的葡萄酒和你的开端，

你的摇篮和国家，

你的恐惧和遗产。

我会成为你想要的任何东西，

画不了，跌不倒。

陡坡，无穷无尽，

下雪的山顶和金色的岸边。

我会成为你想要的一切，

即使我知道可能会失败。

唯独，我不想被

——黑色浪潮卷走。

写于新德里，1995 年 1 月

BOŽICA JELUŠIĆ
博日察·耶鲁什奇（1951—）

博日察·耶鲁什奇（Božica Jelušić，1951— ），诗人、翻译家。

出版作品：《作为美丽树干的词语》（1973）、《鸽子和灰烬》（1974）、《二等候车室》（1979）、《哥白尼的章节》（1983）、《常青》（1993）、《薔属》（2000）、《十四行诗的手套》（2005）、《水平及其他诗歌》（2006）、《丝绸阶梯》（2010）、《艾莉亚抒情诗》（2011）。

死寂的空气

在死寂的空气中不呼吸。你睡觉，你起床。
用硝酸般的眼睛，透过窗户观察。周围
是充满干燥灰色的温室。黑色的樱桃

掉在地上：在炎热的心脏中盘旋着

巨大的黄蜂，不知道自己已死了。

什么都没发生。只有时钟在滴滴答答，这里那里

在记忆中，灰色的旗帜飘动并遮住了

绿地、高原、山上的秘境，

你永远不会得到更多。

为什么你认为自己是例外，会和黄蜂不同？

死寂的空气不分裂。它的粒子现在

又一次落入上帝的口中。我们的世界烧尽了：

空气里所有的怪物都会在同一时间焚烧，

气味将到达天堂，比迟到的祈祷

去得更远。文字中出现的，就这样褪去。

因此你在这里，亲爱的：你在见证。不要问

你是如何落入这般田地，为什么被羁押。你只是

空气里的小虫，为快感而狂喜，失去知觉。你是一只老鹰，

是乌龟，是木头，是皇家的圣兽。你重重地

呼吸，幸福地老去，一字一句地念出自己的名字。现在，

像石头一样，在死寂的空气中，不再做梦。不
问什么，站着，写下。
屏声息气。夜寐晨兴。是时候了。

冬季的爱丽丝
致 L.卡罗尔的阴影

当我醒来时，美丽的冬季景象会再次
在我眼前延展。哦，蜿蜒的
溪流像玻璃下的烟雾，树木
在铬制的眼睛里，小心翼翼地颤栗。
烧焦了的面，闻起来像刺鼻的硼砂！

下面的世界是沉默的。（谋杀后的沉默。）
不情愿地，向驶离的火车挥手。
（关节的嘎吱作响总让我想起幼儿园的跷跷板。）
被大力插在地里的，干燥的高粱秆，
还在等待来自北方的——割高粱的人。

它让我无动于衷，几乎和黑格尔一样。

不要用数字、头发和扁平的眉毛来触摸我。当

我醒来，我将满十二岁，最多十三岁半。

我是一个脚汗多的小女孩，

稀疏的毛发从腋下长出。我很了解

老虎。

但总体上，我最喜欢二月，

房子空荡荡的时候。周围，不知道谁说了一句："上帝

发出嘶嘶声，像哈希什[1]。"

我还行，我独自在镜子前幻想着和平，在一盆洋山楂

上，舔舐

黏黏的手指。

我的名字是爱丽丝，我是早熟的樱桃，我把名字

写在名册的第一张空白页上。

---

1 哈希什，是大麻的树脂，以棒状、杆状或球状物的形式存在。

SEAD BEGOVIĆ
席亚德·贝戈维奇（1954—2018）

席亚德·贝戈维奇（Sead Begović，1954—2018），诗人、作家、评论家。

出版作品：《诗歌的进行》（1979）、《诗歌之上》（1984）、《我留下痕迹》（1988）、《新的房子》（1997）、《两种舒适之间》（2002）、《转向大树》（2008）、《乌雷西：应用》（2009）、《前额的门环》（2012）、《寻找金子》（2015）。

我们花园里的预言者

相信我

在我们共同的花园里，

在干枯的棕榈树中间，

这一生有一天会成为

美丽而清澈的眼睛。

我们站着，和那些智者一样，

像泪水落入苦水之中。

相信我

我塑造了这座山，

挖出了这个山谷，

并赢得了森林数千年的钦佩。

在某个时刻，哗哗的水流，

从石头间蹦出

成为一个水源。永远，

以及现在，

时间将如何赢过这个美妙的梦境。

它铺散开来，在自己身体里放火，

旁边站着整个

晃动的世界。

世界上有着我们欲望中

最美丽的部分。

地球的球体围绕着欲望而转动，

与此同时，无数街道消失了，

远离我们，

远离了尤拉、哈萨、斯蒂帕和帕夫莱。

我让这些逝者，

在我的思想中成长。

话，一旦被说出来，

就如离弦的箭，

再也收不回。

为什么怀里有蛇？

因为我爱那个国家

火车

沿着铁轨，慢悠悠地行驶

还有我在路上吃的面条

味道也不尽如人意

为了国家的自由

因为怀里有毒蛇

词语开始出现在那里

开始发芽然后生长

成为了一个长长的、不明确的句子

你已经完全糊涂了

战争去哪儿了？

一位政治家翻了翻眼珠

另一位则翻了船舰、房屋和国家

在这一番事业中，政客们异常狂热

心中怀着对魔鬼的信任

这肮脏的天空之上，正坐着神秘莫测的某位神明

拯救着一些人的希望

我们最后的日子，

在脆弱的花柄上摇摇欲坠

你喊上帝也是枉然！

没有人会以上帝的名义回应你

你可以，因为你必须，不间断地呼吸

感受着别人所祈求的生命

和苟活的原因

共同的思想是那么地喧嚣

记忆终于在此消逝

还有比忧愁更深的土地

伤害老去的雄心壮志

哎，看起来，我们如蜜般的肢体

正谨慎地成长着

像月亮落下

落在杂草丛生的花园

而鲜花？我们心情沉重地

一边给它浇水，一边责备自己

因为它丑陋

为什么它必须要

在一个荒废的墓地

也就是我们家门口

枯萎？

DRAŽEN KATUNARIĆ
德拉仁·卡图纳里奇（1954—）

德拉仁·卡图纳里奇（Dražen Katunarić，1954— ），诗人、作家、编辑。

出版作品：《大理石的巴霍》（1983）、《外海》（1988）、《诗篇》（1990）、《陡峭的声音》（1991）、《天空／土地》（1993）、《粘夜莺的胶》（1998）、《被阅读的心》（1999）、《抛物线》（2001）、《利拉／熟食店》（2006）、《阴影中的标志》（2017）。

飞翔赞歌

寂寞温和而充满害怕。

我躲在了，

鸟翅下的阴影中。

当恐惧没有出现在

这孤单的、从天堂来的

鸟的阴影中。

商人们没有离去，

他们没有回到故乡，

没有回到自己内心的梦想，

我站在原地。

哦我那天堂之翅究竟在哪，

能够让我飞向一望无际的土地尽头。

没有什么地方可以让我停留，

除了维列比特山脉。

我会飞得很远很远，

我不会在任何地方停留。

当我无法获得勇气，

我就会说一句：上帝。

然后我会回到自己的故乡，

在峭壁和波涛上住下。

狼的序诗

滑着雪，往遥远的大自然深处，我想抢走自然的神秘。它
对我来说曾只是一条小路，一个踏平了的地方。

但只有在坠落之中，我才能辨别什么是身体，什么是灵
魂。只有在坠落之中，

一旦我，我的手脚陷入雪中，

我才准备好直面大自然。

突然之间，一切都彻底改变：狂野的、

威胁性的沉默，笼罩着一切。它白色的外壳，庄严地向
四处蔓延。

狼出现在离我几英尺远的地方。

它下来走到我的小路上，走向山谷。我看着这只野兽，

在雪地里无忧无虑地刨着，并留下自己的印记，

却征服了白雪、树干、树皮和沉默。

ANKA ŽAGAR
安卡·扎加尔（1954—）

安卡·扎加尔（Anka Žagar，1954— ），诗人。

出版作品：《她走了……忘却了一切》（1983）、《她他》
（1984）、《梦中的地下城》（1987）、《寂静的白色》
（1990）、《扁桃体》（1990）、《瓜尔，一种露水动物》
（1992）、《泉眼的沉默》（1997）、《让雨水回到天空的小
文》（2000）、《现实，躁动的表面》（2008）、《不同的拍
打声在歌唱》（2015）。

污迹褪去，心也随之消失

在市场上，

睡过头了，睡过头了，我说。

那里以好奇的光线铸就

那里有果子的尸体，叶子、蔬菜和

根部，都是死亡的裸体主义者。

星期六了，

这个沉闷、模糊的身体和丰茂的灵魂。

星期六——饥饿被释放出来，

哦最美丽的旋风呼啸着穿过生命。

我们女人是通过哭泣来释放的。

有人在角落卖雨

和防污剂。

喊着：没有那个，没有那个！

污迹将，哎，污迹正从这里褪去。

铅笔的污迹，圆珠笔的污迹，笑声的污迹，

苦难的污迹，笨拙生活的污迹。

污迹褪去了，它自由地消失。

不不，把它留给我。

不要这样做，只有我哭喊着。

污迹褪去，心也随之消失。

街上的风沉闷地摇晃着，

这片叶子，

但它无法摇动我。

仿佛什么东西绝望地离去，

而有些则留下。

污迹褪去，心也随之消失。

现实不再存在，

也就没有什么可失去的。

森林

　　　致 J. 瓦尼什塔[1]

我写下一片森林，它就是一片森林。

我必须要在两点左右去森林，

那时比较温暖。

我很害怕，

因此我大声歌唱。

我唱着森林却又不是森林——我是

如此顺从，又如此强大，

如此粗壮，又如此自我。

1　约西普·瓦尼什塔，克罗地亚艺术家、作家。

我想要破碎，我想要毁灭。

完全地，

在森林里，

树上的小鸟落在我耳边——叶子也是。

而森林里充满恐惧，

而森林里有野兽的圆眼睛。

急促的呼吸。

柴火，

打出火星。

那是什么——我的步伐加快，

那是什么——我站直身体。

我写的是森林却又不是森林。

清澈的眼睛，

瞬间静止。

黑色的舌尖

落雪。我的语言，白点

从哪落下了雪，你的头发

从黑色中生长，小女孩开始哭泣

一看到黑暗，仿佛水果一样疲惫不堪

并在舌尖入睡。

落雪，需要注意的疼痛

柔软的动作，峭壁的爪子

触摸到皮肤表面，所有闪亮的

雪。不。不。落雪，流动的音乐

音乐本身，长长的白草

跳舞的声音落下，没有历史的差异

污迹的内部，你的十字架如何生长

地面的裸肩

落雪。我的舌头。流动的屏幕

灵魂去的地方。难道曾经

被时间所接受（写下的气息）

安静的雪体

白色的山峰仿佛一个问号

ZORAN KRŠUL
佐兰·克尔舒尔（1955—）

佐兰·克尔舒尔（Zoran Kršul，1955— ），诗人、作家、
评论家。

出版作品：《用手指触碰》（1980）、《为什么马要站着》
（1984）、《盒子》（1989）、《同时》（1996）、《沟》（2004）、
《黑暗的起源》（2004）、《点的可能性》（2010）、《裂缝
的技术》（2013）。

板的保卫
（武科瓦尔）

光

缩在田埂下

深受挤压

（太深……）

风就站在

外面……

风不能

进来——

雨正站在

外面……

雨不能

进来——

能进去

哪里……?!

当光

缩在田埂下

远……

（太远——）

而月亮的房子

在外面立着……

独自——

和月亮的土地

就在外面。

独自——

能进去

哪里……

要站到哪里去

在田埂下

在草下？！

光

在田埂下

光挤得这么紧

没有多余的空间

因此光被挤到外面：

……因为不能

进入……如此深

太深——

这么远——

不能进入……

太远——

……田埂下

（什么都看不见）

因为不能

被挤得那么厉害

而不再有多余的

地方

所以站在外面

独自——

所以在外面

狭窄地——

而里头……

光

在田埂之下

这么深……

这么远……

什么都看不见

1991 年 9 月 1 日

狙击手

事情必须如此

精确

（或精准）

才能存在

如果你不在

我的视野里

你就不是我的目标

那么你也不是

其他

狙击手的目标

你安全了——

如果我没有瞄准你

你连活物都算不上

除了

当我调准

瞄准镜

这时你才

被赋予某种意义

你得到了生命……

（只有那时你才是

真实的……

永远的——）

我没有把你

留给别的出路

因为我找到了可能性

而你不能说

我没有

为你考虑

（也许有人能

做到更多）

我不在乎别人

评判

我对待你的方式

（如此细致……

如父亲般）

你同样

存在于另一些人的

作为之中

但这就

与我无关

你的人生——矛盾修饰法

你一边走着

放缓……

脚步

（读者，你很慎重

仔细）

在仓促的野外

你模糊的命令

通过语言的门

落下

在空旷的地方

身体——

沉浸在无限的空虚

之中

（自然的身体）

你来自风

和山的

粗糙的肉身和血液

没有形状……

你有一点

仁慈

地平线和永恒的

死亡之光

在秘密领域

在花瓣之间

面对神和女神

你一边走着

放缓脚步……

在

完全的、运动的、

虚无之中

在虚幻的身体里

你在一个不存在的地方

工作——

因为每个人都在谈论它

你的好上帝

自古以来

你是黑色植被

你是棺材

你是蓝色的

书法中的

机枪巢

在刑场上

你的目光

摧毁一切

在这个季节

夜晚是唯一的

栖息地

（夜晚）不容辩驳的

根基

如无法无天的地狱般确凿

你把夜晚如项链般

挂在门上

如把屋前的狗吠

放在

窗前

在夜晚无尽的巢穴中

只有星星才是你美好的神——

（仿佛可被揣在兜里的文雅风度）

关于这个深渊

他正在幸存的

伏兵之中

在说什么呢？

也就是

底部泥泞的

洞穴？

（带着这种

命运）

这是你流血的地方

而你的眼睛光芒四射

（和你的一样）

他正在说什么呢？

MILE STOJIĆ
米莱·斯托伊奇（1955—）

米莱·斯托伊奇（Mile Stojić，1955— ），诗人、作家。
出版作品：《土地的光》（1980）、《李耶尔，尘埃的语
言，1977》（1981）、《黑暗的艺术》（1987）、《铅的枕头》
（1989）、《萨拉热窝夜晚的声音》（1993）、《笛子与机关
枪的唱词》（1994）、《放逐的挽歌》（1996）、《窗户上的
词句》（1999）、《日食的光》（2002）、《过维也纳》（2004）、
《怀旧咖啡馆》（2007）、《败者之歌》（2017）。

狗，梦 [1]

马贝拉和龙达之间的荒凉的山头，

---

[1] 致敬诗人鲍里斯·马伦那和他的诗作《狗》，该诗可见于本书前文。

毫不仁慈地让人想起梅莱塔山 [1]，

而不是维列比特山。

我梦见一个年轻人，

名叫鲍里斯·马伦那 [2]。

我梦见他的脸在革命的狂热与高烧中，

在一千个恶棍中上下颠簸。

我梦见自己在萨格勒布的多拉茨 [3] 市场遇到他，

那里可以买到干羊肉和酸白菜，

指责着（在梦中）自己年轻时的错误，

他"在这里"看起来表情有点凝重，

带着对放逐的青春的怀恋。

他说，最糟糕的是在自己的祖国成为外人。

梦想着在菜花和胡萝卜的摊位上，

"带着发光的秃脑袋"。

而跨过梦中的遥远距离，鲍里斯·马伦那告诉我

1　梅莱塔山，意大利北部威尼托地区的山脉。

2　鲍里斯·马伦那，克罗地亚诗人，本书也收录了他的作品。

3　多拉茨，克罗地亚首都萨格勒布市区中心的农贸市场。

通过宇宙，通过欧几里得[1]的时间，

怀旧是由我们的孤独杜撰出来的概念，或是，由我们的

不幸。

对故乡浓稠的爱意，从像蜂蜜般的诗句中挤出。

记住，只有恐惧不会消亡。

像狗一般从诗句中被遗忘。

尤尔·伯连纳[2]和死神之间的区别是什么？我在梦中

问道。

尤尔和死神之间的所有区别都在于此，

他说，死神有头发。

艾维丁·阿夫蒂奇之墓

他走过生命，走过黑夜，走过白日，

预见依赖，也预见疾病……

1　欧几里得，古希腊人，数学家，被称为"几何之父"。他最著名的著作《几何原本》是欧洲数学的基础，提出五大公设、欧几里得几何，被广泛地认为是历史上最成功的教科书。欧几里得也写了一些关于透视、圆锥曲线、球面几何学及数论的作品。
2　尤尔·伯连纳，俄国裔美国戏剧与电影演员，奥斯卡金像奖得主。他演出过许多美国电影与戏剧作品，并以演出罗杰斯与汉默斯坦创作的音乐剧《国王与我》里的暹罗王拉玛四世，以及《十诫》里的拉美西斯二世而著名。此人常以光头形象示人。

234

马克·迪兹达尔 [1]

一个正派的人

演员艾维丁·阿夫蒂奇于 1994 年冬天来到维也纳。

并死亡。罹患严重疾病，战争用羞辱和苦难

摧毁了他。他没有钱

在萨格勒布治病，女演员哈西亚·博里奇因此

设法把他带到维也纳——假装邀请他

参加重要的戏剧演出。他穿着深色、带着蝴蝶

花纹的西装，在奥地利海关官员面前非常完美地

扮演了波斯尼亚演员的角色，也就是他自己

因为在这个国家艺术家深受尊重

海关立即批准了他的居留。和他的妻子

一个小儿子一道被安置在维也纳卡格兰红十字会

的接济中心。对于波斯尼亚人来说，这里已经是希尔

顿 [2] 了。

医生们证实了

1　马克·迪兹达尔，波斯尼亚诗人。他的诗歌受到波斯尼亚基督教文化、伊斯兰神秘主义和中世纪波斯尼亚文化遗存的影响。

2　希尔顿，指希尔顿酒店。

病情并不乐观，不过，由于他是杰出的艺术家

他得到了特殊的护理

而名为哈妮法的护士用波斯尼亚语与他交谈

他会在星期六下午来找我们

在痛苦的治疗后。他需要很长时间爬楼梯。我们谈论了

波斯尼亚的一部戏剧，谈论了契诃夫和哈里斯·帕硕维

奇[1]，

谈论了如燃烧的火把般的故乡，

谈论了回国。虽然我一直在努力不提及

他的病情，但他依然非常平静地告诉我："你会

回去的，我不行。我没有几天可活了。"

对不起，我没有看过他的任何表演，除了

命运之中的这个他，直到他带着尊严看着生命的帷幕缓缓

降落。迪兹达尔在图根巴斯演出上

那题为"正派的人"的讲话令人不安。

两年后，阿夫蒂奇于 1996 年春去世。

---

1 哈里斯·帕硕维奇，波斯尼亚戏剧导演。他还曾担任编剧、制片人、编
导、演员和设计师。

埋葬在施韦夏特¹的外国人公墓里。没有一家
波斯尼亚报纸提及了他去世的消息。
他大约三十岁，是一个国家的戏剧之王。
这个国家的灾难与他自己的一起流淌。上帝啊
请你把光明和怜悯洒满我们的土地
照耀在异乡的阿夫蒂奇之墓！

只有不幸的民族才有最伟大的文学

只有不幸的民族才有
伟大的文学。因为哈姆雷特的困境不在于是否
拥有优秀的小说或者有意思的消遣。
反正，所有人都会不假思索地认为它属于后者。

所有莎士比亚式的问题都归结为马克思主义——
只有那些不自由的人才相信上帝的存在
于圣母玛利亚对女牧人透露的信息中。
那时幸福的民族交易、亲吻、做爱、
赢得战争、输掉足球比赛。

1　施韦夏特，位于维也纳东南的奥地利城市。

他们的诗人是王子，不会死于肺结核和疯病。

他们早已在魏玛称王。

另一种民族则是俄罗斯和波兰，他们的诗人死于古拉格 [1]。

他们相信自己能够塑造历史。

然后是新教徒式的观点：

死于鸦片、酒精、癌症和突然发作的寂寞。

但只有不幸的民族才有

伟大的文学和诗歌。

明亮如梅赛德斯 – 奔驰，又像

自由资本主义世界最高的塔楼。

那迸发于夜晚绝望之刃的黑色噩梦

恐怖袭击毁灭之前的塔楼。

兄弟情谊和姐妹情谊 [2]

如果我能重生

---

1 古拉格是 1918 年至 1960 年间苏联政府国家安全部门的一个下属机构，负责管理全国的劳改营。

2 兄弟情谊与团结，是铁托执政时提出的口号。这首诗歌名称的发音是口号的谐音。

如果我能选择，我不会选
这种语言，或者这种职业。

我不会选这种信仰的标志，和这种
没有希望的信仰。我不会接受
让凶手教会我正义。

我不会选择这个时代
或者这个国家。
没有温情的国家。我也不会选这个兄弟。

把我出卖的兄弟。也不会选这个民族
这个民族把黄金制成的负担
压给自己的儿子。我还会扔掉自己的

姓名。我只会再次
选择你，每天千次
我触摸着你。

用忠诚和魅力。

BORIS DOMAGOJ BILETIĆ

鲍里斯·多马戈伊·比莱蒂奇（1957—）

鲍里斯·多马戈伊·比莱蒂奇（Boris Domagoj Biletić，1957—），诗人、编辑。

出版作品：《牙齿的沉默》（1983）、《海滨夜曲》（1986）、《快云的泡沫》（1990）、《墓地上的工作》（1996）、《火球和十字架下的独白》（2007）、《为什么时间过不去》（2018）。

北极水仙

（代替自传）[1]

每个早晨

1　如代序，指代替序言的文章。此为代替作者自传的诗歌。

看着镜子里的星星

沉默的顺序

他彻底死亡

最相像的章鱼

在人类中

放下爪和触角

用黏稠的眼睛

肤浅地阅读着

它虚假的空洞

自身之外

如花朵在田野中

胡乱地抖落花瓣

友好地接受了

向日葵所不眷恋的黑夜

2004 年 5 月, 塔林 [1]

波罗的海怀抱了我,

带着肉欲地舔舐、爱抚我。

这里不像我的海一样咸,

不, 海的蓝色很奇妙

甚至可以和它说话。

在一片空寂之中,

我看到了自己的幻想

老旧的幻想,

我在梦之后开始说话

和那个死去的孩子

不关心地理的那个孩子,

他喜爱大海, 纯净, 不言不语。

我舔舐着北方的海水,

恋爱中的北方人

在用于轮渡的镜子中呼喊我,

1　塔林, 爱沙尼亚共和国的首都和最大的城市, 也是爱沙尼亚的经济、文化、政治与交通中心。

赫尔辛基的、背负着野蛮的芬兰人冲向

困惑的新欧洲的柜台，

就像俄罗斯人在故乡的时空轨迹里一样，

号叫着要替代历史里的炮火。

你们亲爱的家伙欺骗了克里扎尼奇 [1]，

不公正的陪审团，斯拉夫人的灵魂，

喝醉了，陷入爱沙尼亚式的疯狂，

在沉默的白尾嘉兰眼中，

在侵略之前，她垂下了眼睛。

古代塔林是历史的缩影，

平静信仰的一页虚假的总结

北极，又一次在战争之间……

1　尤拉·克里扎尼奇，克罗地亚天主教传教士，通常被认为是最早记录的泛斯拉夫主义者。

BRANKO ČEGEC
布兰科·切盖茨（1957—）

布兰科·切盖茨（Branko Čegec, 1957— ），诗人、作家、编辑。

出版作品：《性爱—欧罗巴—阿拉法特》（1980）、《西东性》（1983）、《空虚的屏幕》（1992）、《黑暗的地方》（2005）、《伊斯坦布尔的满月》（2012）、《向后》（2014）、《科谢沃山的兴衰/节日的萨拉热窝》（2019）。

游记写作

塔布奇[1]教授前往印度，打赌

1　安东尼奥·塔布奇，意大利作家、学者。曾任教于锡耶纳大学教授葡萄牙语文学。

比如，佩索阿 [1] 是葡萄牙文学的最佳范例。

妓女们手中拿着东西，

这样就出现了新的游记。

从而使许多理论家突然头疼。

塔布奇教授高兴地尝了口印度饼干，

翻译着佩索阿，酝酿着新的想法，

准备介绍给自己在锡耶纳大学里的、

从未进入神圣的印度土壤的学生。

在孟买的泰姬国际酒店，

他自豪地展示宝丽来照片：

整齐的意大利式胡须微笑着

站在穿着传统服装的漂亮女人一旁。

因为历史很少在那里重复，

或至少历史的主角从未

在同一个角色重复出现。

他们说，伟大的叙事总是发生在

1　费尔南多·佩索阿，葡萄牙诗人、作家，葡萄牙后期象征主义的代表人物。

别的地方。

发生在另一个印度、中国、印度尼西亚：

留下的只有游记的乐趣

和乞力马扎罗山峰，人类无法到达的地方。

那里未曾变化的、处女般贞洁的风景。

屏气浮潜

伊夫给我发了一条消息：

"一个来自意大利的女孩连续三天在水下看着我，我看着她。

我们在那里，赤身裸体，四下无人。但在水上我们并不相识。"

我回答说，用我们的俚语说：

"酷一点！好好儿的！"在那之后，他的下一条消息来了。

他说他再次潜水，"水下安静而奇异"。

我理解他身在另一头遥远海岸的无助。

接下来我潜入了玛格丽特·尤瑟纳尔[1]的东方故事，

1　玛格丽特·尤瑟纳尔，本名玛格丽特·安托瓦内特·珍妮·玛丽·吉莱纳·克莱纳韦克·德·凯扬古尔，法国作家。

它带我去了中国、科托尔、杜布罗夫尼克后，我回到

现实。

心情忧郁地，虽然现在忧郁这个词已经过时了。

我看到几个意大利人，四个捷克人和七个矮胖的匈牙利

女孩。

我看到一个遮阳伞像人的身体一样焦躁不安。

我看到一双蓝色，焦虑，深陷的眼睛。

我想抑制我对潜水的热情，

但是我没能转移视线，或戴上我的太阳镜，

根本没有办法：我无法移动，我正在下沉，

在沙滩上稳稳而安静地，下沉，下沉。

2001 年 8 月 18 日

从未在荷兰

然后他停了下来，盯着我看，

知道他再也不会看到我的眼睛了。

多么空虚的感觉！

多么怪诞！

你看着某物同时又清楚不会再有看到它的机会。

然后嘴角开裂了。

然后眼睛的闪光陷入模糊。

然后肩膀无助地萎缩……

最后一场疾驰横行。

明亮眼中最后一丝微弱月光。

卫星下线，停止传回信息，

对生命的终结漠不关心。

哦，对美丽和平庸的嘲弄！

对高地和平原的玩笑！

巴拉圭平原。

芬兰平原。

吉尔吉斯斯坦平原。

泰国平原。

威斯康星州平原。

荷兰平原。

哦，地理是多么地不对称！

关于仪式和霜霉病的瀑布多么复杂！

肥料和雅各宾派的富足感逐渐流走。

周三清晨的飞镖游戏：

直中靶心！

但一无所获！

只剩你眼前的瀑布轰隆声在说：

死亡是从何处靠近的？

谁在表演暴力和狂妄？

如何才能关掉电视？

2003-04-20

MIROSLAV MIĆANOVIĆ
米洛斯拉夫·米川诺维奇（1960—）

米洛斯拉夫·米川诺维奇（Miroslav Mićanović，1960— ），
诗人、作家、文选编者、评论家、编辑。
出版作品：《好人的城市》（1984）、《墙和末日的照片》
（1989）、《兹波》（1998）、《日子》（2011）、《唯一的工作》
（2013）、《清洗羽毛的工艺》（2018）。

人类学研究所

火车开了。火车开了。火车开了。火车开了。在
田野边，那里有一个男人三个女人
互相亲吻。火车开了。火车开了。火车

开了。火车底部夜晚长出小蚱蜢

光线照到你的眼睛。火车开了。

火车开了。火车开了。火车

开了。在那里我教会自己思考

关于自己的左右大拇指。火车开了。

关于痛苦和正午。关于快乐。火车开了。火车

开了。在那里轻抚海水。说

在寄宿处的诗歌。火车开了。火车开了。火车

开了。作为监狱的曲调。作为一部卖淫的

历史。火车开了。在那里男人和女人都

换上衣服。火车开了。火车开了。火车

开了。在那里你会拿出自己的手并说山

像身体一样灼热。山顶像白色的灯芯。

你会像黑色鹊鸟一般低语。火车

开了。你会像中指戴着戒指的情人般

对一个想要你的女人低语。火车开了。火车

开了。火车开了。火车开了。火车

开了。在田野边一个男人和

三个女人互相亲吻。这是艺术吧。是

艺术家吧。是吗？火车

开了。火车开了。火车开了。火车开了。读着

美国诗人的诗我知道有

我想写的诗——火车开了。火车

开了。火车开了。仿佛在自动传送带上动着的

文本。因为，另一方面我坚持

站着老去。火车开了。火车开了。火车

开了。但梦里改变了什么：火车开了。

火车开了。我喜欢德国电影的结尾。

火车开了。因为它有永恒的音乐。火车

开了。火车开了。火车开了。斯捷潘的头发

在阳台上与风一起飘扬。火车开了。火车

开了。与卢卡关于鱼和鸟的句子……火车

开了。火车开了。火车开了。我坐着认出来。

火车开了。两个女人坐在我面前的座位上。

火车开了。我知道她们痛苦的故事。火车

开了。火车开了。刚刚经过了一道门，

没有看清门的名字。火车开了。火车

开了。火车开了。火车开了。火车开了。火车

开了。——但是，我知道，火车开了。如你所愿。

火车开了。还有诗歌。哦，琳。火车开了。

散文会这样写：我身边的那个女人。火车

开了。给出了美的标志。火车开了。火车开了。

我们身边的绿色。但连我都不相信。

火车开了。在词语中。火车

开了。我不会在渔民、抬水的人、

邮差面前退缩。火车开了。火车开了。但我可以

闭上眼睛。或继续阅读。火车开了。火车

开了。好像什么也没发生过。

我要站起来。火车开了。说出苦难和

关于他们的身体。或沉默。火车

开了。火车开了。火车开了。绿色持续

女人，我面前的，翻看广告册子

"我们快速建立"[1]。火车

开了。笑，交换着细小的注意力······

火车开了。在田野边一个男人

和三个女人互相亲吻

费尼兹·康迪尼斯的花园[2]

在我坐在桌边以前

我会洗手，

诗歌不需要关于自己的论述，

我会吃点新鲜的骨头，但不会

---

1 原文为德语。

2 《费尼兹花园》是一部由维多里奥·狄西卡 1970 年执导的意大利电影。

在语言的火药中

在尘埃和溴化物中

在一把雨中腐烂。

我会寻找一个温暖的女人。

你不会说出任何一个字。

我会闭上眼睛潜水。

然后，所有死者将从阁楼上下来，

黑皮肤的严肃船夫航行

在天空开口之上，

用惊讶的嘴巴，

大声唱歌。

KEMAL MUJIČIĆ ARTNAM
克马尔·姆伊契奇·阿尔塔纳姆（1960—）

克马尔·姆伊契奇·阿尔塔纳姆（Kemal Mujičić Artnam，1960—），诗人、作家。

出版作品：《鱼后逢周五》（1994）、《舞蹈》（1996）、《区域动物园》（2000）、《加速》（2002）、《周一的光芒与苍白》（2012）。

开端

空气变成淡黄色，

冬天从北方涌来，

然后就是橡树。

鹈鹕继续发动战争，

反对自己贪婪的饥饿。

潮气和声音从某处蔓延和摇摆，

甚至更快地航行至终点。

在那个由声音构成的圆圈中

突然，一群鸟儿注入。

这是它们的第一个冬天，同时也是最后一个。

运动

运动，正是，时间穿过空间的动作。

所以各种各样的事物都需要自己的措施，

并占据微观和宏观位置。

不在任何地方，不是任何事物。

石头从悬崖上脱落，

雨与地球围绕着银河系，

恶魔引向罪孽，

雷声导向混沌。

运动是一切正在颤栗的灵魂。

它以产生一个瞬间为开端

对那些活在瞬间的人，

然后，对那些活在永恒的人来说

永恒——是一种纠缠不休的疾病。

循环

当苹果从光秃秃的树枝上掉落，

在深秋，在虚空，

常住在其中的蠕虫非常平静

在上帝词语的安宁中结束午饭。

之后飞来鹊鸟，

在解体时亵渎所有秘密物质

然后离开。

之后吹来一阵风，

土地的颜色被带上天空。

之后到来的是天空和毁灭的预言。

在那之后，毁灭到来。

没有人喜欢它的到来。

就算在它到来的时候，也没有人相信它来了。

加四十

酷暑带来的干涸在沙漠蔓延，攻击草原。

骆驼无助地走在酷暑中，

极慢地呼吸，极慢地存在。

应该给它们装上所有可能的不幸，

愿它们承载我们的罪恶，把我们一连串的谬论，

从一个地方带到另一个地方，

如果它们顺便来到上帝面前，

愿上帝原谅我们对骆驼犯下的罪过。

DELIMIR REŠICKI
德里米尔·雷士茨基（1960—）

德里米尔·雷士茨基（Delimir Rešicki，1960— ），诗人、作家、评论家。

出版作品:《侏儒》（1985）、《安静》（1985）、《欢乐的街》（1987）、《我亲爱的去死吧》（1990）、《关于天使的书》（1997）、《以西结的车》（1999）、《心律失常》（2005）、《雪中猎人》（2015）。

克拉科夫，卡齐米日 [1]
致布鲁诺·舒尔茨

上帝永远不曾将过去和现在

---

[1] 卡齐米日，克拉科夫历史悠久的犹太区，现在汇聚了众多独立美术馆、另类的商店、复古服装店和酒吧（包括鸡尾酒吧和老旧但别致的酒馆）。

用如此浓稠的黏合剂粘连

我到底在空中做什么

往维斯瓦[1]的郊区飞奔而去

你呀，男孩

寻找肉桂色铺子

你的祖先曾在很久以前

以低语和磨难

在这里诅咒所有的晨星

星星曾永远坠在

他们的衣袖上和你雪般的双眼中

现在亲吻了墨鱼

于是它洒落死亡般的甜蜜黑色

在梦中，你又

没有找到通往海边的路。

向幽灵祷告

为了别人

画上极光

---

1 维斯瓦，位于波兰南部西里西亚省的城市。

不要告诉任何人

你在一片雪白之中看到了什么

你呀，男孩。

有人曾经走过一次

沿着雪中的脚

印

知道没有人从同样的路回来

曾经尝试过

消磨时间

在雪中我们的上帝可以更清楚地看到

只有当他视线模糊时才会下雪

上帝用雪医治自己无穷无尽的恐惧。

来自北海的雾

走了很远很远

一直往南一直往南直到平原

才能

隐藏自己那支疲惫的军队

就这样

我总是在想

波兰诞生了

究竟何时

晚秋的雾

顺流而下到卡齐米日

我再次看见很多幽灵

他们尝试着

仿佛肮脏的抹布

燃烧着自己的阴影

说出名字

你呀，男孩

你所熟悉

或者陌生的死

有人曾经走过一次

沿着雪中的脚印

至少会在梦中到来

在路的尽头

曾经在卡齐米日

在那说故乡啊
为什么留下我
你呀，男孩。

豚草

究竟，对自由的人来说
什么才是诗歌？

在树下
那里布兰科·米利科维奇 [1] 在修剪树枝
曼德拉草从未开花。

金龟子早已从你的睫毛上
飞往波美拉尼亚。

尼科死去的身体腐烂
在夏日的空气中，因为没人想

1　布兰科·米利科维奇，塞尔维亚诗人。

拿走棺材。数日

不幸地游荡在欧洲

仿佛天使翅膀上的豚草花粉。

某些关于来自柏林灰尘的歌

在风暴过后使她

平静下来。

我们，从不像豚草

变成流离失所的

中世纪瘾君子。因为

这需要些许时间。

而时间，把诗歌

赠予我们。

罗兰·巴特 [1]

2000 年的那个夏天我坐着。

1　罗兰·巴特，法国文学批评家、文学家、社会学家、哲学家和符号学家。

和幸存的兄弟们一起

在吉萨金字塔的顶端

因为我熟悉他们

我不熟悉的天神们

很久之前曾向我承诺

让我看见

成千上万的彗星的闪耀光芒

世界上所有梦幻般的山谷

我选择一个给自己的许愿

另一个给你

罗兰·巴特。

第三个千年的头几个年头里

第二年的最后几天

社会诗歌再次在克罗地亚流行

而我

尽管依然贫穷

和所有年轻的文学一样

在梅德维尼察[1]和维列比特山脚下

1　梅德维尼察，克罗地亚中部的一座山，位于萨格勒布以北，是萨格勒布历史区的南部边界。

我不明白这一切

该怎么写

一个连贯的词都写不出

因为我仍然追寻着你

罗兰·巴特

你曾仔细研究

什么是动脉粥样硬化的表征

而在我的腹部

淋巴结肿大

而金字塔

它曾向宇宙久久地挥动

自己死亡的双臂。

在白天

他们安静地

为糊口而劳作

如今，在夜里，他们不再听到

你古老而绝望的笛声，

因而感到羞愧。

你坐在

樱花下

等待符号学的阳光

出现

新世界升起

而你确实是莫扎特

会阅读未知的乐谱

我只是一只穷人在无人售货商店偷走的

便宜的

健达奇趣蛋[1]附送的

口袋妖怪。

贝都因人[2]在温暖的骆驼肚子上

睡着了

骆驼喝过死海的水,

获得了重生。

许过愿的银币

以眼还眼

1　健达奇趣蛋,是包含玩具的巧克力蛋,因为在巧克力蛋中藏有玩具,有得吃又有得玩,是许多孩童的最爱。
2　贝都因人是以氏族部落为基本单位在沙漠旷野过游牧生活的阿拉伯人,"贝都因"在阿拉伯语意指"居住在沙漠的人"。

以牙还牙。

在格佛兹[1]山上的别墅里
一本关于数百年血泪史
的书
灰尘被擦拭干净。

来自多拉茨的女巫
为知识分子和
女演员们的游行
匆忙地抓起扫帚
明天一切都准备好了。

他们在衣帽间里
等待着表演垂死的挣扎
或是渴求面包的穷人
飞往布莱尔。

1　格佛兹，克罗地亚中部的一个市镇。

MILOŠ ĐURĐEVIĆ
米洛什·久尔杰维奇（1961—）

....

米洛什·久尔杰维奇（Miloš Đurđević，1961—），诗人、评论家、翻译家、编辑。

出版作品：《风景或者没话找话》（1989）、《镜子中》（1994）、《收获》（1997）、《翁布里亚阳光》（2010）、《不速之客和债务》（2015）。

＊

我也在那里，当所有人聚集

在他身旁，叫着喊着。我不是他们

我没有去过任何地方，放开我

当一切开始变暗时，你们人多势众

让我觉得恶心，觉得烦躁

黄金被人轻视，而没有人会停下来

看熔炉车间的哪个位置裂开

而你能再靠近他们一次吗，当

你的掌心感到蜂蜜和蜡，当晨间穿过窗户的时候

潮湿的下午，爆破声奔流而来

安静的风，像昆虫一样嗡嗡作响

皮肤和肌腱改变颜色，变得灵活而轻盈

就像独自在水面上的脚步，我颤栗。在

自己的盔甲之中，越来越快地翻动自己的

护身符，仿佛这是黄铜王冠。我想要，我想要

告诉他让他相信神圣的耻辱

会像呼吸或盐一样被消耗，而恐惧是可溶解的

像所有以前的友谊一样，我的身体即为我的领地，我的

见证人，我回答道。但那个花园里没有人听见

只有尘埃和植物的颤动是土地的证据

*

你说夏天要求太多了，当你转身仔细
观察巨大的橡树，而它周围没有任何东西生长。只有
一片
稀疏而苍凉的草地覆盖着

车库后墙表面和人行道边缘。这是一条
市区里的小街，是一条断头路。在附近的草地上，巨大
的野萝卜叶
腐烂着，而几周之前你闻见小猫带来的

锋利的鱼腥味，像是脏抹布的味道
你不记得灰色的毛皮。那你是否看到了山洞里
易碎的球呢？而为什么我要想起这个？你知道在

橡树树冠之下什么都没有，树根部肥沃的土地被翻起
仿佛试图阻止别人阻止它。又仿佛要标记它
并警告每一个经过这块草地的路人它的永久

存在，夏天临近，因为它不可能有所不同，因为存在着

没有开端的改变。在小邮筒里，你找到几封信和
明信片，女孩的花体字写得整整齐齐。在老房子下

或是石头下，光仿佛从墙里冒出，然后消失
在深色的窗户里。从街的另一端，这不是舞台侧幕，但是
这是什么材料做的。你知道那后面一定是个巨大的

坟墓或是混凝土纪念碑，这个场景是诡异的
寂静的、被强迫的庆典，没有观众，没有可预见的目的
你把明信片搁在一旁，因为这刹那一切都清晰了起来

你想起了她紧实的胴体，像一颗树冠
其下你无法脱身，无欲无求地站着
你停留在闪烁的树荫之下

SANJA LOVRENČIĆ
桑妮娅·洛弗伦契奇（1961—）

桑妮娅·洛弗伦契奇（Sanja Lovrenčić，1961— ），诗人、作家。

出版作品：《因苏拉·杜尔卡马拉》（1987）、《猩红色的画布》（1994）、《给花园散步者的说明书和零件》（2001）、《在自由的区域》（2002）、《河流一定喜欢洪水》（2006）、《夜晚的季节》（2009）、《来自工作室》（2015）、《飞行路径》（2018）。

工地

当你在房子下面挖得太深时——
下面有珠宝、骸骨、武器，
生命之轮压碎在一个罐子里——

你找到一块东西，赚到了钱——

当你挖得更深

你会发现白色的婚礼花环

在钢丝环上

在更深处孩子们追着钱包游泳

有人用小块锐物割开月亮的阴暗面

鸟儿失真的声音解释了道路

而牧师重复：

这苎麻制成的三角形建筑是我的而不是你的

你解释，你打开屋顶——

当你在房子下挖得太深时

你就必须要打开屋顶

又是阿里阿德涅 [1]

她走了，还说：我终究是要走的

墙壁说，你一旦走出去，你就将成为另一个人

---

1 阿里阿德涅，古希腊神话人物，为克里特国王弥诺斯与帕西淮之女。她爱上了雅典英雄忒修斯，并且在代达罗斯给予的一条线的帮助下使其杀死了弥诺斯囚禁于迷宫中的半牛半人的妖怪弥诺陶洛斯。

她走了，每隔一米，就擦掉来时的脚印

收集吧，保存吧，墙壁冒出的水唱道

她走了，发光，依靠自己的光

而大颗的笑容与脚下的砾石混合在一起

早已丢失线团，无法回来

只能向前，追随留给她的澄澈天空的画面

在视线背后，在记忆背后

某个地方完美无缺

KREŠIMIR BAGIĆ
克莱什米尔·巴基奇（1962—）

....

克莱什米尔·巴基奇（Krešimir Bagić，1962—），诗人、
评论家、编辑。
出版作品:《每个字母都是妓女》（1988）、《两股浓烟之间》
（1989）、《树冠》（1994）、《常春藤》（1996）、《在郊区
的昏暗中》（2006）、《墙壁应被推倒》（2011）、《你害怕
我的颜色吗》（2013）。

星期二

星期二是学习的日子。
在一片北欧语言的声音海洋中
年轻挪威人的声音响起，
压抑得如同汽笛

默默地驶入港口。

当疲惫的乘客愉快地下船，

向陆地和陌生的城市打招呼时，

她呜咽着克罗地亚语

试图重新布置自己的房子：

"我的房子有两层，

底层住着老人，

一层住着学生

（三个女孩两个男孩），

二层有狗吠，

阁楼里有花香。"

今天是星期二。我听到她的歌声并且自问

用挪威语怎么说房子，

槲树林，高层，房间，

厨房，女人，孩子，花。

挪威的船航行着

逆流而上，

或者他们可能会把港口听成小雀斑

克罗地亚语的元音真是难

吞下冷水时，

我想象着二楼的狗

对着阁楼里的花吠：

星——期——二，星——期——二

空间恐慌

我的脑海

不断被各种风景占满。

山间的，平原的，

夏天的，冬天的……

它们躺在我的梦中，

跟随着我散步，

我说话时在我身后跳跃。

我想停下

耳边的嗡嗡声，

恐慌的空间，

这巨大的风景里有一间屋子，

在屋前有树木，

在树上有小鸟

歌唱着微风和流云。

我已经在尝试任何事了。

我上下起伏，

被太阳灼伤，淋雪。

（我没有放过任何一个机会。）

但我的脑海就像一个蜂房

永远都在萌发新的场景

——场景的表面，被匆匆吸走。

我最近停止了旅行。

在卧室的墙上

我画了一间屋，一只鸟和一棵树。

危险的动物

从遥远的星星

从田野里的干草地

传来声音。

在天空和满是行人的人行道上，

它唤来橡木

和城市上空的飞机。

你点燃片刻和永恒时，

手上的动作，

你在房间里装满了危险的动物时

手上的动作改变了你。

当我重复它时，

我不能忘记它。

你的动物在我周围盘旋，

发出刺耳的声音，端详着我，

仿佛和我并不相识。

然后，没有恐惧也没有呼吸，

突然爆发的声音，

引起了我们的注意

从遥远的星星

从田野里的干草地

滴落在白日的耳边。

BOŽICA ZOKO
博日察·佐科（1963—）

....

博日察·佐科（Božica Zoko，1963— ），诗人。

出版作品：《我们所在的广场被荒废了》（1990）、《来自黑暗的东西》（2001）、《描述圆圈》（2004）、《红海》（2007）、《从零开始记录》（2009）。

来自黑暗的生物

这是一只田鼠。

你们知道它在夏天看起来什么样吗？

你们让孩子们玩耍时，会看到这来自黑暗的生物

如何死去。这在阳光下失明的、黑乎乎的生物。

我看着这小块黑暗之物，不甚清楚，但是确凿无误地，

感受到——它不能被离开土地。它

不能被拉到阳光下。这是我的第一直觉。

我双手放在背上，一动不动，盯着田鼠。

我们之间的协议——禁忌。

被我亲手埋葬了。

而我没有忘记，我巡视了每一个土洞——

"它在那里，它住在那里。"我小心翼翼地走在

每一个小土丘边。以防踩到哪只

黑暗中的小生物，可能死了的也可能还活着的。

后来，当我读到卡夫卡，我又想起了晴朗的

午后和田鼠——我还保留着那份直觉。

但无助的——这个世界充斥着垂死的幻影。

那些生物深深地吸入空气，被折磨，然后窒息——白日

是无情的。

而在晚上，午夜之后，以及更晚的时候，两点以后，虚

幻的霓虹灯

寂静的街道——它时而呜咽，时而低声吟唱。没有安闲

的时候。

它断了尾巴，哀嚎着，在城市下水道里颤抖，

逃到城郊，藏在货运列车的

贮藏室里。在森林里被砍伐，在村庄里被羞辱，

在墓地里被驱逐。平原上的石头越来越多。整座山都

动了——坟丘挤在一堆。

而坟墓里的通道越来越狭窄。它悄悄溜进教堂。在空荡
荡的

忏悔室里被永恒之光庇护——但最终没有安息，

没有被埋葬。枉然！警报响起，所有灯都亮了。不再有

死亡。灵魂啊。

它继续逃跑，继续被追捕，在某处藏着，蹲下并啜泣。

在门厅里。有一只猫四处走动巡视。在那里，

警觉地，猫发现了这——小小的、黑色的生物。

和我一样在院子里玩耍的孩子们都

不识字。现在，他们在生命消逝之时，

会从自己的悲剧中学到什么？这种悲剧何时才会终结，

孩子们的天性何时

才会成熟？才不再有新的直觉和共谋？

也许一切都变了

现在当我想起卡夫卡的说话的方式时，我觉得我曾经写信给他并不奇怪。奇怪的是，至今为止他还没有说出我熟悉的任何一种语言，某些连我都忘记了的语言。我几乎认不出他，也没有认出他的丑陋一面。即使，当他变成了昆虫的时候。

现在当我想起卡夫卡的说话的方式时，我想他有必要多听听周围孩子们的声音。他本可以学习几个捷克语词语。也许，在他身处布拉格市中心、用捷克语称呼爸爸，称呼妈妈的时候，一切就都改变了。

SIBILA PETLEVSKI
西比拉·派特莱夫斯基（1964—）

西比拉·派特莱夫斯基（Sibila Petlevski，1964— ），诗人、作家、翻译家、编辑。

出版诗集：《水晶》（1988）、《从某处跃起》（1990）、《亚历山大警言一百句》（1993）、《苦难的舞蹈编排》（2002）、《相连的面孔》（2006）。

斯拉瓦的日子 [1]

旗帜升起，扬起，降下，

旋转，回到准备状态，

这样的日子不会再来。

1　斯拉瓦是塞尔维亚的东正教家庭传统节日，纪念家庭的守护圣徒。

斯拉瓦的日子。每个列队

都有一个人向外扩展。要对齐

边缘。接近。接近降低的头部。

要对齐装饰。撤出。离去。

扬起的下巴，扬起的

额头，每次闭着眼睛往上看

子弹直直地射入洞穴，被射击声击穿

的洞穴。短促而整齐的、骄傲的

射击声。短暂地射向天空。短暂的

射程。无论你从哪看，洞穴看起来都是被射成筛状的。

从上

从下，从天空，从人群。今天我们将用刺刀

刺穿旗帜，使这旗帜的碎片无法战胜我们。

这样的季节

不管你如何重复

在失败和患病的时候

毒药成了治疗方法。看吧：

跳的那个人

跳过关着的窗户，并不知道

他在以和你我一样的方式

放弃。我们的疾病

不同。没有东西能把我们联系起来，除了

失败。我拆线之时，

你抓着刀。你开刀之时，

我伸出手让你咬。这样的

手连狗都不要。

连蛇都不肯攻击。

蛇不再是我们的药

也不是杀人的理由。我们不是

无药可救，只是现在正是这样的季节。

我杀死了语言

一万名厌倦了战争的水手 默哀

我已故的丈夫 军号呼啸

没有深度的音调 一捧空洞的词语

给我的道歉很苍白。狗群开始发狂，

追逐着我的足迹。回忆录的作者
本可以把我赶出去。幽灵
跟着我们。我杀了我的丈夫。一群年老的狐狸，
被打的狼认为我来自

火星地区。任何想要我赤裸的人都可以脱下我的外衣。
我嫁给了语言，我忍受所有苦难才获得自由。
杀了我吧。我会戴着黑色领带，走去堤坝。

即使人们总是说我们这里的水
最深，我也不适合被用来证明这个观点，因为当我落下时
我不会落到底。我会继续在我站立的地方。

DAMIR ŠODAN
达米尔·硕丹（1964—）

达米尔·硕丹（Damir Šodan，1964— ），诗人、作家、翻译家、编辑。

出版诗集：《声音的变化》（1996）、《中世界》（2001）、《给斯基泰人的信》（2009）、《阿波利奈尔咖啡馆》（2013）、《内部敌人》（2018）。

内分泌式抒情

1934 年，在他那个
40 年间支持他的写作和政治事业的
情人死后，
老而孤独的，诺贝尔奖得主威廉·巴特勒·叶芝，
开始受高血压和心脏病的折磨

几乎影响了他的创作能力。

但是叶芝，那个神秘主义者

会对任何形式的非个人科学

皱眉

但他在某处隐约听闻有

"复兴"的技术

他的朋友在伦敦哈利街，

找到一位澳大利亚性学家

同年春天

做了所谓的斯太纳赫手术

（输精管切除术的变种，第一次临床试验

在维也纳，

据说能找回压抑的本能）。

这项手术应该非常成功，

因为威廉在给朋友的信中

骄傲地宣称

他的性欲回归了

并且自己爱上了年轻有才的

女诗人玛戈特·鲁道克

当时她只有 27 岁

而他 69 岁。

讥讽的都柏林人称他

为"前列腺老人"。

但是，叶芝再次开始写诗

这才是最重要的。

其中一首名为《马刺》的诗

内容如下：

"你认为这是可怕的：情欲和愤怒

将奉承于我的老年；

在我年轻时它们还算不上什么祸害；

那么我还有别的什么能刺激我歌唱？"[1]

他很快就编了

《牛津现代诗集》

并开始研究自己诗集的新版

如此激烈"仿佛"——目击者称

---

1 叶芝《马刺》，摘自王家新诗歌译作。

——"他获得了新的生命契约！"

五年之后他去世了

因为心脏病

——在所有地方发作——

在法国里维埃拉。

杜鲁蒂 1936

致维尼·赖利

流氓英雄，无政府主义者领袖，

铁路工人的儿子，游击队员

有着孩子的眼睛和半野人的脸

无产阶级宣传家，布埃纳文图拉·杜鲁蒂 [1]

最重要的是坚持表达的清晰度。

当他发言时，每个人都明白他说的是什么。

埃玛·戈尔德曼 [2] 说他周身的人沸腾着如同在蜂房里一般

1　布埃纳文图拉·杜鲁蒂，一名深受西班牙民众喜爱的无政府主义斗士，
1936 年 11 月在西班牙内战中牺牲，从而获得了近乎传奇的地位。
2　埃玛·戈尔德曼，美国无政府主义者，以其政治激进主义、著作与演说
著称。

据说他总是心情愉快。

杜鲁蒂的专栏

建立在自我牺牲和自由主义精神的基础之上。

他的葬礼将巴塞罗那覆盖在一片黑色

和红色之中。五十万人以上的巨大人潮

涌入了莱埃塔那大街[1]。

甚至俄罗斯领事也

"深受感动"

看到在空中挥舞着拳头的人群

向那个无政府主义者发誓

他相信只有将军才能以武力统治

而纪律会像一缕光亮

到来。总是而且只会

来自内部。

---

1 莱埃塔那大街，是西班牙加泰罗尼亚巴塞罗那旧城区的一条主要干道。

给野蛮的斯基泰人的一封信

我想起了你

徘徊在草原上野蛮的斯基泰人

你的钱包里有敌人的耳朵，

"为了不被你杀死"

我很想但我又无法想起

希罗多德，被我们的老教授 M. S. 如此称呼为

那个时代的"记者"

在哪里提及了你

老教授是研究古代历史、法律制定者梭伦[1]和

格拉奇兄弟土地改革[2]的专家，

新生在他背后恶意地

说他闲话

说他曾是游击队的手风琴手

说他有私生女。

1　梭伦，古希腊时期雅典城邦著名的改革家、政治家。
2　格拉奇兄弟指提比留·格拉奇、盖乌斯·格拉奇两位古罗马政治家。格拉奇兄弟改革，从单纯的土地立法发展为广泛的改革运动，冲击了豪门贵族的统治，对于罗马社会的发展起了促进作用。

……因为历史

像是一个敏捷的酒吧女招待

（也是管乐大师）

尽职尽责地擦洗了她最优秀和

最调皮的孩子

像擦洗婚礼用盘一样推搡着他们

进入公共场所

（或讨论共同话题）

如此臭名昭著而空虚

以便在这极漫长的时期，

完全合法地

赎罪。

IRENA MATIJAŠEVIĆ
伊莱娜·马蒂亚舍维奇（1965—）

··

伊莱娜·马蒂亚舍维奇（Irena Matijašević，1965— ），
诗人、作家、剧作家、编辑。

出版作品：《显然》（2007）、《南方动物》（2010）。

俄耳甫斯

我必须稍稍翻阅植物百科全书

我听说如果对植物歌唱，植物就会枝繁叶茂

既然我有这种能力，有必要知道该用在哪里。

我翻着书，发现：

鸢尾，金丝桃，苔藓，蓟草。我不知道，

我不相信我的歌会有这样的效果。通常情况下，

当你唱歌，你就会考虑数字：多少张 CD，多少

酬金，多少粉丝。我觉得我梦想得太少了，

我本可以成为自大狂，自由地，完全自由地。

我的歌超越了极具想象力的期望，仿佛我是

基督，一切都将跟随我，仿佛我可以起死人而肉白骨，

仿佛我救活了拉扎尔[1]。事实上，我对这一切有些感动。

而欧律狄刻[2]，

我无法让她回来。她为什么转身离去？我每天愿意做

三千个

仰卧起坐让她回到我身边。我写了关于歌曲的诗。

自费报名学习中文。不，公司不付钱。公司

现在什么都不付。转型。而社会主义，在

在对基督的信仰动摇之后到来，有过良好的起点，

但无法改变这个世界。啊，我是如何用自己的歌

改变世界的。我不知道，我的歌曲如何促进这个世界。

我猜

因为我已经死了，总的来说，我是个半神话人物，或者，

更精确地说，我可能是个完全的神话。

1　拉扎尔，塞尔维亚民族英雄，牺牲于科索沃平原之战。
2　欧律狄刻，俄耳甫斯之妻。

浮士德

出卖灵魂，这是一个陷阱

我没有把灵魂出卖给任何人，钱对我没有吸引力

钱是黑手党以及他们律师的追求。我是文雅的

人，每周日在丈母娘家吃饭，总是很忠厚地

说：你好啊？你好吗

母亲？

是的达沃尔正在锻炼，而马琳正在过生日。我们之后

会在 City Center 商场见面。当我爱人说她想要

什么的时候，我就会给她买下。

八百库纳，八百库纳，让恶魔拿来吧。

那，我常说的那句话（而我很勤奋，我不是

犯罪分子）那句常让人浮想联翩的话。

我点燃红色的万宝路，别人则从中看到了一个征兆，

我午饭前喝了点白兰地，我的每个女儿都要有车开

每个儿子都要去上学，学费都由爸爸交。

我没有出卖灵魂，而我们住在克罗地亚，一个妖魔鬼

怪的

传奇之地。笑。我有名望，但不读书（啊，您是这么

说的，歌德）。笑。我是你们的标志，象征，圈套

对于很多不能说的。别西卜[1]，贝利亚[2]，伯大尼[3]来的

客人，是的。这些是我的商业伙伴。一切问题都在

商业法庭解决，是的，解决。小小的逃税，而

那谁，拜托，不要再吹毛求疵，先把石头

扔向那些无辜的人吧。哼，等一下，我手机响了。我跟你们

说得够多了。干杯，祝好！但是歌德

告发了我，我不信。这是你们杜撰出来的。而我，

无罪，无罪。我没有犯错。

---

1 别西卜，被视为引起疾病的魔鬼。
2 贝利亚，最早见于《希伯来圣经》，意为无价值、无益，引申为邪恶的意思，被视作恶魔。
3 伯大尼，位于橄榄山东麓，是约旦河西一个小小的村庄，离耶路撒冷约六里之遥，在耶路撒冷通往耶利哥城的路上。

MILJENKO JERGOVIĆ
米连科·耶尔戈维奇（1966—）

··

米连科·耶尔戈维奇（Miljenko Jergović，1966— ），诗人、作家、出版家。
出版作品：《华沙天文台》（1988）、《今夜在这座城市有人在学日语吗？》（1992）、《越过冰封的桥梁》（1996）、《舒尔茨管家》（2001）、《木瓜》（2005）。

他熟悉飞机 就如同熟悉孩子一样

今天早上，则尼尔师傅去世了
在者那则[1]之前应该说些什么
不要用手捕捉空气

----

1 者那则，伊斯兰宗教用语。阿拉伯文"殡礼"一词的中文音译，民间有时也直译为"葬礼"。实际所指的是穆斯林的殡葬仪式。

不要提前流下眼泪

不要用揉皱的纸巾

要从口袋里取出照片

要确保我没有碰到眼镜

否则它会在喷泉前的石子路上破碎

并向人们展示

这是我

这是伟大的梅塞施密特式螺旋桨

而这是则尼尔

我们笑了

不要因此而责备我们

这就是遗像前的年轻人

哈拉利特·则尼尔

他是个好人

他熟悉飞机

就如同熟悉孩子一样

1979 年秋天杂活工舒尔茨和中间商
斯捷潘在马尔卡莱市场的对话

你又不是在可以为秋葵和羽衣甘蓝砍价的阿尔及利亚;

我怎么就不能砍价呢

我问你,如果我们成为阿尔及利亚人,如果我们的物价

不像圣经和古兰经这么神圣不可侵犯,情况就会变得糟

糕吗;放过我吧,师傅

有了这样的故事,这对沙漠来说很好,他们那里没有

冬天

而且他们不用黄金购买煤炭;但看起来你也得付钱买煤

炭,所以

这就是为什么你的秋葵价格高得离谱,斯捷潘,因为我

很清楚

你就是这市场上的第三只手;你怎么就不知羞呢

你才不是什么师傅,我用我的双手种下了这棵羽衣甘蓝

我刚种下的时候它就长这样,除了我之外没有人相信

一棵菜能长到牛头这么大;那我打赌你也亲手种下了秋

葵吧,在克雷舍沃边的撒哈拉沙漠里,和一群来自福

伊尼察的贝都因人种下的吧;大家看看这师傅

他知道秋葵长在哪里,如果是这样的话

那你骑着骆驼去阿尔及利亚吧，去问问有没有比斯捷潘
这里更好、
更便宜的秋葵吧，等你回来的时候
我就把你眼睛看到的所有东西都白送给你，我还会像熊
一样带着你
去波斯尼亚到处旅行呢

一个革命者的者那则

在马德里郊外，他几乎为共和国倒下了，在窗下为共产
主义牺牲了
但他会永远活着，因为他的母亲哈妮法如此真诚地请求
上帝不要狠心杀她的孩子。
神也不忍心：如何杀死一个遵循每一步祷告的人的儿子，
即使这孩子不信神甚至反对

　　　　神

神无法对他的母亲哈妮法做出这样的事，让他选择一百
遍，他都不能够
母亲们死亡之后，儿子也将死去，像在市场里排队一
样，从马德里

一直排到达利瓦[1]，从斯大林格勒到维谢格拉德[2]的大门，

然后就轮到了他

还轮到其他的游击队员和西班牙人，神的双手终于降临

并抚慰他们，纯洁的灵魂得以安息

1　达利瓦，萨拉热窝东部区划名称。
2　维谢格拉德是位于波斯尼亚和黑塞哥维那的一座城市，隶属于塞族共和国，坐落于德里纳河上。

SIMO MRAOVIĆ
西莫·莫拉奥维奇 （1966—2008）

西莫·莫拉奥维奇（Simo Mraović，1966—2008），诗人、
作家。

出版作品：《有毒的季节》（1986）、《罗马人缺乏怜悯》
（1990）、《地球上有阴影》（1994）、《嘴唇之间》（1997）、
《晚安，嘉宝》（2001）、《格蒙德》（2004）、《零，零》
（2006）。

* * *

我遇见了一位大政客。

在我眼里。
他就是一个普通的混蛋。

但我表现得迟钝。

而体面。

我微笑。

注意不去羞辱他。

不想因此而被逮捕

他也在为警察工作。

肩负着三项光荣的职业。

政客、警察和军人。

一个欺骗一个偷盗一个杀人。

普通人没有这种机会。

他不知道是因为恐惧还是兴奋拉了自己一裤子

我卑躬屈膝地递给他香烟。

但我伸进破了的口袋。

去取打火机。

我心里想着。

差点大声地喊出来。

去死吧你。

*　*　*

不要看我

你这个徒劳的流浪者

不要看我

你这个抽烟喝酒的人

不要看我

你这个小偷

你这个大盗

你不要看我

不要看我

你这个骗子

不要看我

你砍断了蕨草

没事你别看我

你杀了奶牛

你杀了小猫和海豚

你砍断了树干

你在地上吐痰

别看我

别看我。

然后上帝亲切地弯下腰

因为他才是我朋友

戳了戳我　对我说

你有点太把自己当回事儿了

我瞬间面红耳赤。

*　*　*

我们停下了小飞洽[1] 然后叫醒了他

路易，朋友，你还好吗

路易问，咱们到哪儿了

到阿姆斯特丹了，布里内说

那就开车带我回家

布里内叫着，你怎么一点儿都不吃惊啊，然后说起了别的

1　小飞洽，南斯拉夫旗帜汽车厂以意大利菲亚特 500 车型为模板制成的旗帜 750 的昵称，因其价格低廉、使用寿命长、改装潜力大而获得工人阶级的喜爱，是南斯拉夫的国民之车。

唱着蓝调，超过

每一辆路上的车

布里内，我问他，你还好吧

嗨，伙计，我飞着呢

那就飞吧

就算我们飞进云端

我也不在乎

DRAGO GLAMUZINA
德拉戈·格拉姆齐纳（1967—）

....

德拉戈·格拉姆齐纳（Drago Glamuzina，1967— ），诗人、作家。

出版作品：《肉店》（2001）、《这是全部了吗》（2009）。

仿佛从来没有爱过他们

阿娜伊丝·尼恩[1] 在 1933 年对丈夫不忠

---

1 阿娜伊丝·尼恩，知名美国作家，出生于法国。父母都是古巴裔，其中父亲祖辈为逃离法国大革命先到了北美，后落根古巴；母系有来自法国与丹麦的血统。童年时她与家人穿梭于法国、古巴、西班牙。后来她归化为美国公民。

跟亨利·米勒[1]，

还有安托南·阿尔托[2]，还有她的亲戚爱德华，

还跟自己的父亲乱伦。她爱过他们所有人。

包括她的丈夫。

她就是这样在日记里写的，

我并不怀疑。

就像

当她说爱过他们所有人的时候

包括丈夫，我也没有丝毫怀疑

但现在他们都死了。

当她说不会在街上问候他们了，

尽管我很希望她这么做。

我不希望，我说，

尽管，

我告诉她如果某天

1　亨利·米勒是 20 世纪美国乃至全球最重要的作家之一，富有个性又极具争议的文学大师。他以大胆突破现有的文学形式而闻名，并开创了一种新类型的"半自传体小说"，这种文学融合了性格研究、社会批判、哲学反思、意识流、外在语言、性革命、超现实主义自由联想法和神秘主义。
2　安托南·阿尔托，法国诗人、演员和戏剧理论家。阿尔托在其理论著作《戏剧及其重影》提出了残酷戏剧的概念，试图改变文学、戏剧和电影的基本元素。

她对某人

这样说起我

我会揣摩她的话

悄悄地抚摸这些句子

就如同午后

我抚摸小狗一样。

奇点

当我在餐厅等她的时候，试着

休息，首先用一杯水

溶解了泡腾片，然后

转了转椅子靠在墙上，

使身体处于几乎平躺的姿势。

然后我闭上眼睛试着睡了 5 分钟，

等待着我的猪肘。服务员 15 分钟后

才出现在大厅里，对女厨师喊道：

"不用着急，他睡着了。"

因为这句话鲍里斯·马伦那从报纸上抬起眼睛，

他刚刚读到图季曼[1]安上了

人工肺，顺便也看了我一眼。然后又

贪婪地低下头看图季曼病情和各种关于

国家危机的报道。

我的流感，图季曼的人工肺和马伦那的

猪肘，以及摊开的报纸。奇点的

黑洞。和流感。

1　弗拉尼奥·图季曼，克罗地亚前总统。

RADE JARAK
拉德·雅拉克（1968—）

拉德·雅拉克（Rade Jarak，1968— ），诗人、作家。

出版作品：《浴室里的恶魔》（2000）、《开往班加罗尔的列车》（2001）、《卡亚》（2012）。

黑暗

我不害怕黑暗。

当我发现自己陷入黑暗中时，我站着等待。

如果那里有人，他也看不到任何东西，

或是他的视力和我一样弱。

必须等待并倾听。

白日就是眼睛，夜晚就是耳朵。

听见，辨别声音，猜测。

完全的黑暗

会出现并且填满整个房间、屋子、森林的图景——取决于

我在哪里。那幅图景

不再与真实的物体有任何关系。

这个虚幻的世界逐渐诞生。

孤独

什么都不顺利，

总有这样的日子，

然后我坐在房间里。

试着像壳里的核桃一样旋转。

我关上了窗户。我想象

一个巨大的球在旋转，

我想象夜晚的边界缓慢降临。

此刻——应该等待——夜晚将从我身体里穿过。

这就是全部了。

DAVOR ŠALAT
达沃尔·沙拉特（1968—）

达沃尔·沙拉特（Davor Šalat，1968—），诗人、评论家、翻译家、编辑。

出版作品：《内部的触碰》（1992）、《破碎太阳的梦想家》（1999）、《安静的衬衫》（2002）、《灰烬下的摇篮曲》（2005）、《解读冬天》（2009）、《星星，被拯救者的古老面孔》（2019）。

天空的皮肤

沙漠泛着银辉。甘露慢慢使愁苦的嘴唇放弃抵抗。而西奈山 [1] 成为脚底温顺的种子。宇宙正在我们心

1　西奈山又叫摩西山，位于西奈半岛中部，海拔2285米，是基督教的圣山。

里寻找内在的牢笼。在这个牢笼中，夜莺跨过阿刻
戎河[1]来延长生命。上帝在沙漠中启示我们。包围
着埃及和以色列，抚平天空的皱纹。

星星的最后数目

在沙漠之中所有词语互相争吵。

但只是片刻。

因为上帝又用飓风把它们毁灭

一切都重归于零。

但沙漠是坚韧的

没有人

可以闯入它。

现在是夜晚。

沙漠记录着

星星的最后数目

而我不再有

渡过死亡的小船。

1　阿刻戎河位于希腊西北部的伊庇鲁斯地区，意为"痛苦之河"，在希
腊神话中为"冥河"。

LANA DERKAČ

拉娜·德尔卡奇（1969—）

....

拉娜·德尔卡奇（Lana Derkač，1969— ），诗人、作家、剧作家。

出版作品：《偶然的十字架》（1995）、《灯塔保护区》（1996）、《邮箱中的夏娃》（1997）、《影子的拼字游戏》（1999）、《森林通过电子邮件给我们寄送树木》（2004）、《谁把摩天大楼排成了队》（2006）、《有雪的象棋》（2011）、《占领天空》（2015）。

一月

我身体里的房客嘎吱作响。移动

盘子，梳头，在厕所里

冲马桶，修剪草坪，买报纸

你摸索着我极深色的

嘴唇，然后从其中拔出

玫瑰花瓣，你感到自己的棉质背包里

东西不断增多。

窗外雪在每一辆车上

都留下了白色的帆板。

前进。

我想，雪现在已经落在树林了。

"那给我一个拥抱吧，因为雪也正拥抱树林

并轻轻亲吻它"，我也想要这些。

"晚上在退房的尖峰时刻准备考试

通过练习跳到湖边"，

你允诺了，会带我去到这个地方。

你明天会在汽车座位上

寻找夜晚的尘埃。

电锯编舞

我的朋友打来电话并告诉我：正好

我在听以电锯演奏的演唱会。

我告诉他："如果锯子吹嘘自己

在树上留下的手稿，那树也可以反过来用树苔在它们的

链条上

写下回信。

他们的编舞很无聊。"

他补充道："每一小节编舞都很糟糕。"

没有人，真的，想给他们

投广告。

这里确实是圣方济各亚西西

同鸟儿说话的地方吗，还是他本身就是

被雨夹雪描摹出的那个影子？

雨夹雪没有回避那梦中的

新年前夜。

海啸

我喝着一杯茶，正当

海啸的画面淹没了电视机。

你评论道："死亡又一次成为了戴桂冠者。

这次它在亚洲添换了

自己的战斗技能。"

我不确定屏幕上的波涛是否在

为自己的特点或

只是以自己的杀人方式冲刷世界末日

而竞争。

我补充说："是死神把他们送来的。

每个逃离的波涛都是死神的来信

我真的不知道笔迹鉴定家

认出死神的笔迹时

会说什么。"

多种组合。

两块海岸通过海浪通信。

通过秩序和混乱。

通过风暴和地心。

你问我：你能想象海怪

穿着制服在海浪强大的声音中

以更加滑稽的歌声宣战吗？

而奥德赛回避着。

你能认出披着伪装的沙子吗？

你知道他对希特勒和世界大战的记忆丢失了吗？

我说服你：

"上帝从宇宙中仔细观察所有杀手。

今天浪花中的波涛

也是一样。

没有望远镜，他只能模糊地看到浪花

仿佛该死的昙花一现。"

IVICA PRTENJAČA
伊维察·普尔泰尼亚察（1969—）

伊维察·普尔泰尼亚察（Ivica Prtenjača，1969— ），诗
人、作家。

出版作品：《解放的写作》（1999）、《伊夫》（2001）、《采
取所有让你平静的方法》（2006）、《残酷》（2010）。

拿走所有可以使你平静的东西吧

拿走所有可以使你平静的东西吧
城市很冷，夜晚对你来说不复存在，
没有夜晚了。
去他们看不到你的地方吧。
今天早上，当他们都睡了，

你开车去了河边,

附近的河,

因内战残疾的人聚集在此钓鱼。

你坐了一会儿,

把腿伸至窗外,

而风暴悄悄来临。

拿走所有,

所有可以使你平静的东西吧。

你等着被春风

轻柔地抚摸,

等着尼龙鱼钩如同街道上的车轮

嘎吱作响,

太阳在去美国的路上

包裹着你。

拿走所有吧。

他们吸着烟,

而我有足够的距离不去惊吓

他们的鱼,

我有足够的距离

并能够想象出任何地方。

但我得等

等某些东西突然抽搐，

落到，

淤泥之中，

用力地拉着我们，

而尼龙绳子

在阳光下紧绷起来。

拿走所有可以使你平静的东西吧。

而当你观察

光线从何角度

沿着鱼钩落入

浑浊的水中，而当你发觉

自己的本质，

在回城的路上，

不管你是动

是静

你都会觉得自己仿佛要生病了。

拿走所有，

所有可以使你平静的东西吧，

每天清晨我们都在这里，

他说，

同时用一只手

转动泥路上的轮椅

然后露出肩膀上的

龙文身。

我和女友一起度过夏天

我和女友度过了夏天

潜水并收集

鲍鱼。

她把鲍鱼粘在潜水镜的橡胶之下，刮伤了自己。

后来她的头发上

有血。

那里的太阳和走廊里的公牛，

这就是和我共度夏天的女友。

我的恐惧从她身上飘过

仿佛巨大而痛苦的眼泪。

她道着抱歉，颤抖着肩膀，

在中午的温和中，

让我们在这里，

让我们在树下，

地球太慢地转动着。

我和女友一起度过了夏天。

她在黄昏时分喝着白咖啡，

直到我痛苦地

离去。

仿佛靛蓝色复印纸中的一页，

还有人记得这种纸吗。

时间占据了我，从我身上流过，同样的还有

晦涩的未来，

但现在

我度过了夏天，

和一个潜水姿势优美的女孩，

和一个喜欢鱼群的女孩。

周围到处都是沙漠，

嘴唇周围到处都是干涸，

看看世间万物在没有依靠时

是如何坠落的，

是如何失控的。

我的手落下，

落入黑暗之中。

我和女友度过了夏天，

谈了很多关于我的事，

我们经常在一起，

经常去往某处。

抒发所有感受。

当然也讨论关于

幸福的事。

我靠眼睛生活

我靠眼睛生活，

心暂时被

封存。

许多裂缝出现，

血液变回酒，

光变回了

电视上的

雪花形状。

我发现很多机会，

但我不认为是自己的。

我坐在世界的底部，因为这里是

人来人往的露台。

在那个世界里，我喝着啤酒，

并试着不去打扰

母乳喂养的母亲，

或是忙于战争或是其他的

男人。

我靠眼睛生活。

这使我想起那

当缺少触摸时

当心灵沉浸于完全的自我时

那种不自然的平静，

一切都逐渐分崩离析但又存在。

但我坐在世界的底部，静静看着，

不会为，让我疼痛的东西

而改变。

我如何落入这境地，我如何

为这一切付出代价，我不能说，

只是经常，但真的经常，

我在黑暗中看到一柄刀片

一个奇异的想法击中了我，

不可以。

我会留下那一瞬间，

然后渡过这一切。

如果脸上有血，

没关系，

重要的是不要溅到露台上，

以及孩子

常用的那只杯子。

IVAN HERCEG
伊万·赫尔采格（1970—）

伊万·赫尔采格（Ivan Herceg，1970— ），诗人、作家、编辑。

出版作品:《我们的其他名字》(1994)、《沥青之夜》(1996)、《地球叹息的录像》(1997)、《科罗塔的天使》(2004)、《不公正》(2007)、《巴比伦什么时候到来》(2013)。

双重生活

我们漂浮在世界中。这个世界上，
大家不说名字，也不说不幸的理由，
每个人都近在咫尺，无声无息，
你在床的那侧说话，

在自己组装和拆卸的生活

的那侧，

像我们僵硬身体下的

阴郁面具。

我承认，在我身后

在走私而来的亲吻中

是获得幸福的理论，

在每一个被遗弃的日子里

是时常不安的练习。

我承认这些，但我否认你和我，

完整的一生中，一半是你，一半是我，

并轻轻地将我们的名字交给上帝请他给我们送来死亡。

我们漂浮在世界中。这个世界上，

没有宽恕，没有力量，也没有无力，

每个人都只爱近在咫尺的，又恨远在天边的，

你对自己窃窃私语，

对于生活的另一面，

对于你的一半，和我的一半。

像雪

晚上我睡不着觉

所以我听着鬼魂

穿过萨格勒布把时间带走。

有时他们会急刹车

仿佛他们迷了路。

他们沿着我的脊椎，沿着云层，

沿着雪落下的痕迹，游荡。

我的朋友跟我说"晚安"，

但我仍然无法入睡。

我想象我们在婚礼上

在河边的一家餐馆里

在每年的每个时节，

纯净的雪流，没有人看到。

我希望穿上婚纱

但你承诺的是看不见的未来。

没有人能够反驳你，

没有人能够看到我，

只有我和你，你没有我，我没有你，

像每一颗被遗弃的雪。

我母亲说，家乡

也在下雪，但没有人看到它。

我的父母很担心。

天空几乎落到了地上，

人缩小到指甲般的大小，

这些，以及那些，

又近又远。

晚上我睡不着觉

所以我像雪一样

听着鬼魂在

听雪。

关于不可能的面孔

每天我都想再次见到你，

谈论宇宙和所有那些奇怪的距离，

关于每一个可能和不可能的天空，

每一种可能和不可能的爱。

我知道，你会说我在扮演上帝，我在挑衅，
生命不是时间，世界不在眼前，
雨不能改变大海和陆地的形状，
但它可以融化十字架和面孔。

我每天都想再次忘记你
对我迷失的方式，对你看不到我的事实，
对我的自私和我的其他方面，
对所有可能的雨滴和不可能的面孔，保持沉默。

画布

你假装知道 1 是
最大又最孤独的数字。
每当你欲言又止："你就是最……的 1 个人"
我就把 1 根手指放在你的嘴唇上
来阻止你。

我假装我知道《木兰花》

总在一个看不见的剧院里上演。

而且我们做好了疯狂的准备，

手上的小拇指，

你的我的，不需要的小拇指，

因阳光下的压力而蜷缩。

比打断恋人间的呢喃更重要。

在弄脏的幻觉般的画布上，

他的终点在上帝和魔鬼之间徘徊。

我们假装知道生活的本质是什么。

如果我们触摸它，它可以是

窗帘、墙、墓碑。

当我们仔细观察它

那么它又是人脸、皮肤，

血腥又容易腐烂。

当我们厌倦了它，我们咬下

他人的手指并同黑暗玩耍。

我们假装我们知道画布是什么。

我们假装知道，

我们假装我们是一体。

SANJIN SOREL
萨宁·索莱尔（1970—）

萨宁·索莱尔（Sanjin Sorel，1970— ），诗人、评论家、选集作者。

出版作品：《重写本》（1997）、《索纳塔里亚》（2001）、《全息图、欲望、诱惑机器》（2001）、《启示录》（2002）、《爱情》（2004）、《巴枯宁》（2006）、《懒惰的河》（2010）、《葛丽泰·嘉宝的亲密历史》（2012）。

怀旧

佐着格鲁吉亚茶的普里亚穆希诺[1]夜晚留下许多遗憾
书、辩论、一个我爱的女人的激情

---

[1] 普里亚穆希诺，俄罗斯小城。

更重要的是用于学习理想化事物

而不是用于爱她的时光

我们曾秉烛夜谈，现在都没有了

我了解时间，但了解的不仅是时间

还有更重要的事，娜塔莉亚。我们从未去过乌拉尔山后

在山前你会感受到叶子在风中颤抖

而我们没有

我知道为什么我熟悉康德，却没有感受过那里的秋天

亚洲的入口处会很冷。青春疯狂年老遗憾

雪有珍珠般的颜色

可她如今在哪呢。如果我没有写信给瓦尔瓦拉就好了

我的灵魂深处是地狱

她需要爱

而我没有

一个男人能够错到什么地步。她肯定去了莫斯科或是圣

彼得堡

或是其他地方。如果我告诉她我们有了一个十岁的孩子

就好了

时间过得飞快

我试图专心

专心啊如果你不能那就写赶紧写

写下你究竟怎么了究竟是怎么了

难以说明，但至少找个理由吧

我还戴着那个吊坠

但爱情就如流沙逝于掌心

至少对自己诚实一点吧。你们曾谈过玫瑰花茶

谈过森林、意识、错误的抉择。我不明白了我不理解了

意识到康德在认知理论中的那种愚蠢

认知指向他到来之后的对象

我的阴谋是我知道你知道我没有

对我来说行为是有指向性的

根据我们的认知，它指向我

风暴来的时候不是思考的时候

现在我正在普里亚穆希诺给她写信。并非儿戏

障碍在于你有多想你是否想要是否愿意爱

你有着红色小鹿一样的头发。我们现在在哪呢。我们是

秋天的

尘埃。秋天正是乌拉尔，亚洲大门最美的时节。墙后

某处

的棕色眼睛。为什么我不曾为它奋不顾身

340

旅途

在黎明、正午、晚上，冷酷地带上剃须工具

护照、衣服、旅行手册，匆匆离去不留痕迹

仿佛以一种没有人知晓的暗号

去一个没有人认识我的地方

云是个很好的旅行比喻。指挥家协调着云

在被俘期间，穿着长裤，在国王岩堡垒[1]里

在不平静的海岸上，仿佛如死寂一般冷

12 月的萨克森白色的树像大炮一样

在德累斯顿，我偶然发现已经到了 5 月 3 日

春天萌发，我看到一个被土地掩盖的城市，那里什么都

没有

空荡荡的教堂让我印象深刻，如同起义后的广场

只有鸽子表达了善意

在途中一个男人死了。监狱里到处都是好客的警察

我从来都不理解梵文的哭声和依地语的祷告

我们在天堂的父亲默默地大声尖叫

而在故乡土地的早晨闻得见小圆面包和白咖啡的香气

1　国王岩堡垒俗称"萨克森的巴士底监狱"，是一座位于德国萨克森小瑞士山区、易北河左岸，近德累斯顿的山顶堡垒，俯瞰着国王岩镇。

伏尔塔瓦河[1]转瞬即逝、布雷赫瓦[2]总是有太多巴洛克风格

街后是旧犹太人墓地

有人曾告诉我，人无法逃脱亦无法真正抵达死亡

人必须学会向空间告别。在这空间中古老年代才能展现出

历史感。圣弗拉尼奥用世界语

和麻雀叽叽喳喳了一分钟后

麻雀回巢。天文学家预见了我去向德国的旅途

我不知道其实少有旅行者能抵达他们心中的终点

我想独自徜徉在这城市里，像是人声鼎沸的教堂的

钟声一样孤独。教堂吵闹，人们在此徒劳追求

能拯救灵魂的赋格曲

而历史永远为其准备着欢迎晚宴

国王酒店墙壁灰暗，地下室潮湿阴冷，但……

河景。我永远无法摆脱这污秽与泥泞

在黎明、正午、晚上，冷酷地带上剃须工具

护照、衣服、旅行手册，匆匆离去不留痕迹

仿佛以一种没有人知晓的暗号

不让保安、前台、警察认出。旅途没有尽头

1　伏尔塔瓦河，捷克境内最长的河流。
2　布雷赫瓦，捷克布拉格的一处地名。

TATJANA GROMAČA
塔蒂亚娜·格罗玛察（1971—）

塔蒂亚娜·格罗玛察（Tatjana Gromača，1971— ），诗人、作家。

出版作品：《有什么问题吗？》。

内部

> 灵魂就是让身体漂浮其中的可乐。
>
> ——大卫·阿尔巴哈里[1]

没有太大的问题。

---

1 大卫·阿尔巴哈里，来自科索沃的塞尔维亚作家，居住在加拿大阿尔伯塔省的卡尔加里。阿尔巴哈里主要写小说和短篇小说。

我想，一切终究都会走的。

健康、工作，等等等等。

甚至是爱，如果我们，

在讨论占星铭文的话。

但是，我时而感到

我的身体里，胸膛里

有巨大的压力

自上而下压下来，

仿佛有人在梦中

把腌菜的石头压在我身上。

我很清楚，我的灵魂是一棵白菜，

那块石头正挤压着它，

使它因为自己的酸涩

而难受

而发狂。

如果没有那该死的雨、雾气

和灰色的建筑该多好。

表情冷酷的人们走进来，

如外科医生般沉着地

从自己闪亮的皮包、公文包、背包里抽出

沉重的皮鞭。

必须打碎浴室的瓷砖，

装着玻璃、细瓷、水晶的柜子，

吊灯、床、水槽，墙上的装饰盘和挂毯。

必须毁坏所有这些废物，

才能打开那些必须出逃的

动物的

笼子。

你在等什么？

当你站在窗边，看着

走廊上的黏土花盆

和闲坐在拐杖后面的人们，

一切在你看来都这么简单。

生活就像午餐前的桌布一样在你眼前延伸

你觉得站在你现在站的位置

就够了吗？

也许你应该拿起刀叉。

肢解它。

刺青

坐在桌前的

那个女人。有着不安的大眼睛。

和贫瘠的双乳。

她说："去他妈的城市。

每个人很有尊严的样子，却连句你好都不会说。"

她等巴士等到了天明。

十三岁那年她游过多瑙河到达伊洛克[1]，在

希德[2]停了下来。

从希德坐火车到波波瓦查[3]，徒步到

上耶兰斯卡[4]。

找到了她生命中的那个人。

1　伊洛克，克罗地亚东部城市。
2　希德，塞尔维亚北部城市。
3　波波瓦查，克罗地亚中部小城。
4　上耶兰斯卡，克罗地亚中部村庄。

二十二年的婚姻。

她依然为他疯狂。

生了五个孩子。

孩子们脸脏脏的，耳朵耷拉着。

其中一个穿着重金属 T 恤。

所有孩子都并排躺在木床上。

她照片中的脸出现在我眼前。

没怎么变。

虽然穿得很不恰当，像个严肃的男人。

我依然觉得她很美。

她手背上有刺青。

她的名字和她姐姐的名字。

约克和日福斯。

永远不会分离。

暑气

你贪婪地嗅着，从某个开着门窗的公寓里传来的

那种闷热的气息，浓郁的菜豆气息，浓稠如同布丁。

从幼儿园回来的阿姨们带着孩子们来到公园。

墙上写着托米察和伊沃娜。

头顶打开的阳台传出日常生活的

各种声音：

餐具撞击声和厕所冲水声。

这是一个呼吸困难的时节。

当心脏病患者安静地、文雅地

死亡，

而新租户热情地捧着纸箱，

搬入，

带着死亡的气息。

EVELINA RUDAN
艾维丽娜·卢丹（1971—）

....

艾维丽娜·卢丹（Evelina Rudan，1971— ），诗人。

出版作品：《这个春天我所需要的一切》（2000）、《最后一个温暖的夜晚》（2002）、《布里奇和邱奇》（2008）、《体面的鸟》（2008）。

爱的艺术

当我躺下

那我的背就倚在丈夫的腰上，

乳房卡在婴儿刚长出的牙齿里，

然后肋骨伸展，身体的弓拉长，

我很高兴，仿佛一个温暖清晰的线团，

不是阿里阿德涅给的那团线。

因为在这个故事中没有他们，

没有弥诺陶洛斯[1]、迷宫或其他出现在书中的

恐怖的事。

而那些，那些书，在你囫囵吞枣之前，

你得承认乳房的存在是为了哺乳，

而腰的存在是为了调整身躯的位置，

身体的一切都很美好，

很美好。

如果不由我自己写，

那至少得有这样一本书存在于世间，

不是布道手册，

不是尊崇神圣纯一性的书。

在另一层意义上

它还可以如此温暖，带着血肉，

因为谁知道书的哪个角落里

会藏着一些，不被允许

绝不被允许出现于其他书籍的

英雄呢。

---

1 弥诺陶洛斯，克里特岛迷宫里的半人半牛怪。

洞穴

就这样，他们中的一些人坐在附近：

一个有着漂亮的手，另一个有着这样的眼睛，

第三个看起来很疲惫，第四个看起来很温暖。

我想把手放在他们的头上，

就像主教在做按手礼那样。

我想起了之后的策略、顺序和程序，

其中不包括逃避，还得有得体的讲话，

其中包含两个简单的句子：

你们是我的

和

我爱你们；

第一次这对我来说还是有点困难，

但又怎么样呢？

那时人行道开始打滑

我们落进了一个深深的洞，

不知何故，我无法呼吸，

然后一个想法击中了我

一个关于授予圣职的想法，

但这个想法很不错。

如果我们能离开这个洞，

我会带走这个想法。

DARIJA ŽILIĆ
达利亚·日里奇（1972—）

....

达利亚·日里奇（Darija Žilić，1972— ），诗人、作家、
评论家、编辑。

出版作品：《胸部和草莓》（2005）、《舞蹈，谦逊，舞蹈》
（2010）、《黎明》（2019）。

跳舞吧，谦虚的人，跳舞吧

跳舞吧，谦虚的人，跳舞吧，

你身后是粉色的时光，

穿过城市边缘的漫长而孤独的脚步，

和充斥着枕边书的千年。

航行时，只需带上一杯茶和
望远镜以及可以擦去旅途中
过分情绪的东西。

在船上生长的龙舌兰阴影下，
在长夜里，在月光下，
听听世界的声音如何渐渐消逝。

你找到了人生挚爱，
有了更大的幸福，那你可以在一天中的任何时候
展开想象，而没有任何人看到它！

开端

闲散的英雄站在废墟中，
指明避难所的方向，

在老工厂的人生表演，
在老电影院的革命讲座，
在教室的全体会议，

在街头的抗议活动。

世界总是有自己的开端：

在无耻情绪的微弱可见之处。

DORTA JAGIĆ
多尔塔·亚季奇（1974—）

多尔塔·亚季奇（Dorta Jagić，1974— ），诗人、作家、散文家、编辑。

出版作品：《盖过头的床单》（1999）、《电子宠物在我怀里去世》（2001）、《魔鬼和独身主义者》（2003）、《彩虹的正交》（2007）、《广场上的沙发》（2011）、《卡夫卡的刀》（2015）。

我是肖像、旅途和生活

我的手中有桌子。我的脸上有苹果。

我的手中有一张桌子、一把椅子和一面墙。

墙上什么都没有。

椅子上有一个新世界和婚礼桌上有一只手。

桌子上有两只手拢着碎屑。

不是我的手。它们属于年轻的肖像画家,

他追寻、解放、喜爱着我。

在最大的碎屑堆中有可以给鸽子喂食的玉米粒,

有陪小狗玩闹的扬尘。

在最小的碎屑堆中有一个圆形广场。

其上正好有十只抹了油的小勺。

每个勺子都象征着每一天的遥远旅途,

途经内心,那里是白色高尔夫和白色箭头的

荒原。

第 31 个生日

如果那天早上,即使是你 31 岁的生日,

作为神的孩子

你也没有从蛋糕或是床上起来。

你穿着红色溜冰鞋和

皮革背心。

你的一整天充满忧虑,

仿佛堆积起来的清洁眼镜的纸巾。

又像是钱包上

陈旧的狼皮。

还有裤子的拉链,

卡住了你的指甲、手机和钱包。

令人不安的宇宙信号

被一些至高无上的存在发送给你。

在这样的日子里,你在午餐时吃着鸡肉,

然后坐着写些平庸的诗歌。

颈部压力增加,

采蒂纳河[1]的水位上升,

你便打电话给你的编辑、堂兄和你唯一活着的奶奶。

而焦虑症这头怪物

蜷缩在你的子宫里,静静地哭泣,啜饮着黑咖啡,

黄昏时在你的腋窝下面发牢骚,

只是为了扯开你然后在晚上给你填满石头。

即使实际上这头怪物已经荒谬地死了。

第二天猎人和勘测员从窗口色眯眯地看着你。

现在焦虑又一次失败地

延长了生日女孩的生命

---

1 采蒂纳河,克罗地亚南部河流。

但至少还有一个

血淋淋的肘子。

阿门，在上

在丈夫疲惫的口袋里，在接骨木中，在蚊子的呼吸里

在谷物中，阿门，在上

在我们之上，温热的心脏摇晃。

打开血做的肥皂，水做的肥皂。

我们找到了把词语加工进肉的工厂大门。

在黎明的壁橱里，

黑色的牙齿、蚂蚁和身体

从它下面经过。

当手接触到刺痛感之时，

黎明开始存在于事物之中，

展开甜蜜的写作。

诅咒在铁锈中翻转，

在神的眼泪中，不再有这些。

在黑色的盐粒中，我们把脸孔转向

准备好的猫和女人。

但他们甚至都没有触到我的眼泪。

当你说上帝爱你时，

柔软的、有醉意的皮肤生长在

嘴唇边缘。

没有任何边缘和

任何结束的可能性。

咖啡康塔塔 [1]

在咖啡馆的桌边，有一家理发店和一家赌场，

也就意味着整个世界了

我和法国国王路易十四一起坐着喝土耳其咖啡。

（第一台意大利浓缩咖啡机会在两百年内才能发明出来，

好吧，我只能喝黑咖啡。）

我沉默，透过烟雾看到

我长出类似于路易的巨大红尾，

而他赞美着

自己那棵小小的荷兰咖啡树

---

1 康塔塔，是一种包括独唱、重唱、合唱及表演剧情的声乐套曲，一般包含一个以上的乐章，大都有管弦乐伴奏。

成了无论是美国还是世界各地数百万计的咖啡树的母亲。

在一角七个贵族静静在阴影下打牌，

喝着杯子里的咖啡。

时不时露出薄薄的、毒蛇般的，

浸润着浓稠的棕色沉淀物的

舌头。

衣衫褴褛的科普特[1]僧侣离我们的桌子很近，

拿着杯子咕哝着说话；

而阿拉伯医生讨论着阿拉比卡咖啡是不是比罗布斯塔咖

啡更好。

就在我困倦地告诉路易

我从喝咖啡这个习惯中得到的只有罪孽

我将永远不再喝咖啡之前，

咖啡因的发现者西尔维斯特·杜福尔博士[2]走了进来。

他不耐烦地纠正了我

亲爱的，你不能称它为咖啡或肉豆蔻，因为经过发酵，

你应该叫它阿拉伯葡萄酒。

这才是它的本名。

他无视过度拥挤的餐桌

---

1 科普特，埃及的主要民族，多信仰科普特正教。
2 西尔维斯特·杜福尔，法国新教徒药剂师。

和我们坐在一起。

服务员急匆匆地给他端上新鲜橙汁，

讲述着愚蠢的教宗克雷芒七世

昨天在众人面前给饮下第一杯咖啡后，宣布它成为基督

徒的饮料。

众人都啜了一口黑咖啡，笑了起来。

我终于用脚踩死了桌下的蛇

站起来付了钱，因为路易从不付咖啡钱。

我想着

那些来自意大利的葡萄酒和柠檬汁商人

把咖啡称作魔鬼饮料

是多么地聪明。

DINKO TELEĆAN
丁科·特雷川（1974—）

丁科·特雷川（Dinko Telećan，1974— ），诗人、作家、翻译家。

出版作品：《克雷舍瓦》（1997）、《花园和红色相位》（2003）、《在后》（2005）、《斗篷》（2011）、《直到你的眼睛灼热》（2017）。

关于句子的句子

所有格拉哥里字母[1]之中

没有词语的时候，

那些被挤出所有毛孔的，

1　格拉哥里字母是现存已知最古老的斯拉夫语言字母，由拜占庭皇帝使臣圣西里尔和圣美多德于862年至863年期间所发明，主要用于翻译宗教典籍。

那些牺牲了数百万同伴的，

那些处在芒刺之中的，

如神明般坚持隐藏自己的词语，

在地下经堂中连成句子。

梦中的鸟从这个巢中飞出，

飞向合二为一的高度。

治愈的

每天早上那颗很健康的蛋

都会出现裂缝

每天早上到晚上

我都会用合金涂抹这个裂缝

每次都会往里滴一些新的东西

这样到黑暗之前就不会孵出

带灰色眼睛的小鸟

每晚

它都在我的子宫里振翅欲飞

而每次我都会把它淹死在

遗忘的盆地里

BRANISLAV OBLUČAR
布拉尼斯拉夫·奥布鲁查尔（1978—）

布拉尼斯拉夫·奥布鲁查尔（Branislav Oblučar，1978—），
诗人、散文作家、评论家。
出版作品：《落入黑暗的天使》（与 B. 库兹曼诺维奇合著，
1997）、《猫的信》（2006）、《裂缝》（2010）。

恶质造物主

我在熬果酱

观察燕子飞行

清晨在花园里

小猫追着尾巴

而我追着厨师

我两脚来回倒换

在屋后

在坏了的灶头边

我一边搅拌一边读着：

绝妙的搭配

加上一块巧克力

果酱慢慢变稠变深

而后

会变成完全的黑色

每一次当我吹旺炉子

锅子就会沸腾

而我浑身是汗

——真是残忍的生物啊——我说

像是安托南·阿尔托在

《来自癫狂的文字》[1] 里写的一样

而锅里沸腾的

1　安托南·阿尔托作品。

像是魔鬼的绿色眼睛

像是来自地狱的锅炉

在其中沸腾的是李子

还有我的灵魂：

我曾读到过

罪孽是和糖果一道来到世间的

如果是这样

那么我在果酱中

熬出了原罪

一连三天我都颤抖着在

在火边站着

熬酱

要把这黏稠的世界

收拾进果酱瓷罐

然后明天

休息安息

李子民族的困境

给他们黑色的语言

披上光滑的李子皮

我住在果酱瓦罐里

模糊地看到

底部

每天早晨

神用冰刃切断我们

或是魔鬼用矛

在这黑暗的地方把我们刺穿

这蜜糖的地狱：

我们的灵魂早已被碾碎

用手指舔舐着他们

听见：

好吃好吃

就这样李子民族消亡了

被压伤

被披上套子

不再有坚实的果核

逐渐变软

逐渐消亡

我们听过这样的故事：

谁能坚持到底，

他的灵魂也许

会把他

带向新生活

但是没有出路

因为我们

在上帝之酒——

白兰地的地狱里

预见了结果。

ANA BRNARDIĆ

安娜·布尔纳尔蒂奇（1980—）

安娜·布尔纳尔蒂奇（Ana Brnardić，1980— ），诗人、翻译家。

出版作品:《智者的笔》（1998）、《蛇之圆舞曲》（2005）、《鸟的起源》（2009）、《上坡》（2015）、《狼和桦树》（2019）。

蛇之圆舞曲

激情是一棵树，是雨的反面。

什么是永恒的生命？

音乐。

生命不是无聊的字符，也不是写下它们的洋洋自得的人。生命生命生命生命:是被制止的激情，一旦木栅栏倒下，它就会像风一样鞭笞。是神秘的绿色连衣裙。嘘嘘嘘嘘。是像玩具一样的云。是舒伯特和肖斯塔科维奇。是成长。是从土地到天空。激情停留在蛇群之中,音乐将他们吸引到天空,仿佛上帝以风脱掉他们的衣衫。蛇正在蠕动。在微弱的火光中跳舞。在衣衫碎裂之时咆哮着成长。它们跳到躯干断裂,只剩两条蛇继续滑行着舞动,然后它们被安上翅膀:在遥远的风暴中继续跳舞。

白房子的出口

世界正在继续,而事物正在崩塌。以病了的混凝土浇铸的旧码头,正吸引着无声的白色蝴蝶,让它们以无形的双脚来愈合它。世界正在移动,游离于自己的身体之外以触摸别人。白花上的蝴蝶亲吻着混凝土人类那无法忍受的病痛。这些人被还活着的人遗弃了。海水仍是另一种神奇药水。它以巨大的乳房,滋养着地下生物,而这些生物以其看不见的双脚扬起灰尘,来延续世界。鸟儿在幽灵出没的海湾上空盘旋。它们的世界被封印在咸而透明的球中,沿着天空翻转,并散落水晶(我们用肉眼无法看见的水晶)——鸟儿只与上方的海和海岸相关,

它们看不到破碎的船坞，也听不懂蝴蝶的语言。它们在

不同星球的陆地上死去，被海水冲刷的陆地（肉眼看不

见）。但我必须找到它们活着的意义。

迈阿密斯堡的房子

蟋蟀整夜叽叽喳喳。

天空轻轻地笼罩着大地。

上帝亲切地，欢迎他的客人

拍拍他们的肩膀。

萤火虫像 120 瓦的灯泡一样闪耀。

从朱丽叶的阳台处我观察着动物。

人们不住在这里。

也不住在房屋或高楼中。

他们睡在公司的标志中，

当他们因为压力睡进地下

摘下了挂在电缆上的

上下颠倒着的果子。

MARIJA ANDRIJAŠEVIĆ
玛莉亚·安德里亚舍维奇（1984—）

玛莉亚·安德里亚舍维奇（Marija Andrijašević，1984— ），
诗人。

出版作品：《大卫啊，他们对我所做的一切》（2007）。

草莓甜心的网络性爱

（在这种状况下——天空就是体育场）

第一次。行吧。

我挖了她的眼睛。否则我一切不错。

我是你的英雄，对吧？

脸是黑的，手臂是黑的，脖子是黑的，我伪装了。

我需要有人来舔遍我，因为我不打算泡澡。

我想要舌头，超大号的。

第二次。发生了，是的。

房间里进来了草莓甜心，男孩的玩具。

他有一米七五，我的朋友通过电脑给他解决。

告诉他自己的乳房如何，罩杯多少，自己如何潮湿，手指飞到哪里。

在奇怪的梦中我奇怪地走着。

去他妈的草莓甜心。他只不过是键盘上的回车键。他刚离开。

"我从口袋里拿起手机，寻找你的名字。

（没有）思考了几秒然后打给你。

在紧缩的空间里应该压缩（忍住）自己的焦虑，这样才不会让我感到窒息。

我呻吟是害怕因痛苦而发笑，但你理解的。你只是不知道为什么。

所以当他舔遍我后，我会是干净的。我是说，非常干净。"

我咬着嘴唇，用手擦掉嘴上的口红。我闻到了今天的午餐。

天哪你真的过分了，我爸肯定会说。是的我是过分了。

然后去你们的吧。

然后我闻到内疚的气息。

"把骨头扔给我，我可以再咬一口。"

也就是说，在感到愧疚的那一刻，我开始回忆起我的父亲。

我当然不想把这情绪传递给你。

但我总是不断地胡思乱想。我完全没有解决这胡思乱想的办法。

"所以如果我真的咬它会怎样，怎样，怎样，怎样，怎样？"

我假装一切都很好的样子。我呼吸。但这天，是很适合飓风的一天。

感觉就像你疯狂奔跑并撞倒周围一切的时候。

感觉就像你静静地坐在厨房桌前，手握遥控器，只希望一切自动消失的时候。

同时你重复说：一切都很好，很好。很好！

"有人说我像比特犬。我一旦咬住什么，就绝不松口。

现在有点可怕，不然还是很有趣的。

我总是觉得自己很美，除此之外——

我觉得自己也很有女人味。"

我的颤抖没有原因，只是冷

（我身上的你的手就像直接掷来的高压球）

我仿佛完全忽略了你存在的事实。

我害怕当我想要入睡时，我会和你的背包一起入睡。

玛莉亚，你有一个完美的开场。

"妈妈，妈妈，妈妈，别让我做做做做蠢事！"

我假装着穿过耳骨的另一针能扭转现实。

我在客厅镶木地板上挖出了一平米，这样我就可以把你永远放在里面，

来喂养 46 号鞋子里的虫子和其他生物。

不多不少。

我不记得了，我非常抱歉只留下了这张纸，这份爱的证据。

我非常抱歉她就这样飞进了我的睡梦里，阿姨。

就像在德拉甘·玛诺伊洛维奇的故事里一样。

阿姨穿着黑白相间的衣服飞进来，我的猫像狼一样咕哝着，因为我的膝盖在梦中摇晃。

醒来，玛莉亚，你有一个完美的开场。

我非常抱歉在我之后还有一个甚至上百个像我这样的人。

总的来说，我非常抱歉。

每次我照镜子，我总看见我哥哥的脸。

有时，还能看见那个在斯普利特[1]地方交通公司柜台前叫我男孩的女人。

"每个人都认为我是男孩。

除了我们俩。"

当你拉紧背包带时，你总对我说，

玛莉亚，你有一个完美的开场。

这句话让我开始怀疑，我是在演戏，而不是在生活。

我不相信自己，因为我没理由相信自己。

我现在更容易怀疑，无论如何，没有人会把我视为女孩或女人。

除了镜子里的我的兄弟。

然后他对我眨眼。很像兄弟会做的事。

当那个斯普利特的女人意识到我不是男孩时，她就不再说了。

因为我——确实看起来像个男孩。

"一米八十多的男孩乔治，在街上闲逛。"

有点疯狂，好吧。

---

1 斯普利特，克罗地亚南部港口城市。

你总是牵着我的手提醒我该吃药了。

手指僵住，高压球击中了我的脸颊。

我开始颤抖。因为冥冥之中有个声音告诉我该颤抖了。

我总是觉得你骗了我，因为世上——没有完美的开场。

从我到你，反之亦然。你怎么想都行。

我的体温有点过高。

而体温过高的人总是比剩下的人死得更快。

总的来说，我非常抱歉。

MARKO POGAČAR
马尔科·波加查尔（1984—）

马尔科·波加查尔（Marko Pogačar，1984— ），诗人、作家、批评家。

出版作品：《圣诞老人头上的水蛭》（2006）、《给普通人的信》（2007）、《事物》（2009）、《黑色的地区》（2013）、《土地土地》（2017）。

阁楼里没有人

阁楼里没有人
　我知道
我们头顶是一片混凝土屋顶，
是天空的银色支架，
而且我们根本没有阁楼。

这么多东西

实际上定义了缺席。

　阁楼的

　房子的

　世界的。

房间里撒满了低沉的声音

好像榛睡鼠潜入阁楼

　　然而我已经说过了，

没有阁楼。

也不再拥有海岸。坚硬的点

放弃了自己的壁垒。

明天我会打三百个

推迟了的电话，

　自从我可以忍受口头的亲近

已经有一段时间了。

我已经第四次看

《陆上行舟》[1]。从这儿我学到了

船只可以越过山丘

并且没有必要只为了感到难受

1　《陆上行舟》是德国导演沃纳·赫尔佐格执导的剧情片，由克劳斯·金斯基主演，1982 年 3 月 4 日上映。

而被击败。

事实上，

下雨天

恰恰相反。

看起来，金斯基是最好的。

贾格尔这个角色总用破碎的声音说话。

没有理由保持沉默

而没有人应该受到指责：

我没有收到邮件，广告邮件倒是纷至沓来，

（资本是为这世界

有香气的头发

准备的睡帽）

咖啡永远不够热，

信息也一样，永远不够新

也从来不够经典，

一切都是一个巨大的

温热的焦虑水坑。

由缺席定义的事物大多惊吓着我。

例如寂寞（有时候）

宗教（严重缺乏对立的"他者"）

死亡（无论如何）和一切

我可以从中抽出刹那之爱的事物，

凝结在雨水之上的意义，

还有使玻璃杯满溢的

雨滴。

阁楼里没有人。

阁楼里从没有

　　　任何人。

没有阁楼，悬挂在我们头顶的

一切，是一个巨大的星星般的钟摆，

音乐的摇篮，天空的

　　　黑色毛毯

我每天晚上睡觉时都会用它遮住自己。

水之路

我一直想写一首关于水的好诗。原则上，

是从和宫本一起时开始的。然后我会打电话给朋友

比我更了解水的朋友。他是游泳运动员。

他的父亲是渔夫。

他们的身体比我们的身体有更高比例的水分

382

因此，他们的世界与其他世界有所不同。如果他们的那

个是地球的话

有人会想念踏实的陆地。

然后我会回到《剑之道》[1]上。我会说一些关于音乐的事情。

明格斯[2]的音乐像雾气一样蔓延。

他每个手指上都戴着一个戒指。僧人在云间弹琴。

他们都写了关于天堂的乐章。

不过，查尔斯·曼森[3]没有写过任何东西，实际上

他有一些别的天赋。他和毒蛇总是在钻入我的皮肤。

我希望能把它们赶出去。

我希望我的朋友喊：我们去游泳！

但他说他厌倦了水。他说他身体里的水已多到

无法不带剩余地轻轻拨出来。

我看到他在动。像一条鱼。

在阳光下闪烁。我的好友是一本打开的书，

我们互相阅读。我们理解。

我们公开地向对方说：一切都需要好水，

血液、啤酒、眼泪，有时你可以用它换取性爱，所以，

1　《剑之道》，德国作曲家汉斯·季默为电影《最后的武士》所作的配乐。
2　查尔斯·明格斯，美国音乐家。
3　查尔斯·米勒·曼森，美国连环杀手。

给我水吧。

我在冰上行走时，我说，给我水吧，

当服务员看着我，我沉思着说，给我吧，

让我带走它，埋葬它。

我会以一张冰川谷的图片，带着白色的、被忽视的死亡，

结束这首关于水的诗。

（京权）图字：01-2020-5908

图书在版编目（CIP）数据

克罗地亚现当代诗歌选集 /（克罗）埃尔文·亚希奇
编；洪羽青，彭裕超译 .—北京：作家出版社，2019.12
　　ISBN 978-7-5212-0653-1

　　Ⅰ.①克… 　Ⅱ.①埃… ②洪… ③彭… 　Ⅲ.①诗集—
克罗地亚—现代　Ⅳ.① I555.325

中国版本图书馆 CIP 数据核字（2019）第 158174 号

此图书为中国作家协会外联部译介资助项目，由克罗地亚作家
协会授权翻译出版

克罗地亚现当代诗歌选集

编　　者：[克罗地亚] 埃尔文·亚希奇
译　　者：洪羽青　彭裕超
责任编辑：田一秀
装帧设计：芬　妮
出版发行：作家出版社有限公司
社　　址：北京农展馆南里 10 号　　邮　　编：100125
电话传真：86-10-65067186（发行中心及邮购部）
　　　　　86-10-65004079（总编室）
E-mail:zuojia @ zuojia.net.cn
http://www.zuojiachubanshe.com
印　　刷：中煤（北京）印务有限公司
成品尺寸：142×210
字　　数：82 千
印　　张：13
版　　次：2020 年 10 月第 1 版
印　　次：2020 年 10 月第 1 次印刷
ISBN 978-7-5212-0653-1
定　　价：78.00 元